U0618148

海上题襟

古薇山房文荟

华人德 著

上海书画出版社

蕴妙见于胸襟（丛书代序）

王立翔

古人常以胸襟、襟怀借指胸怀，"蕴六籍于胸襟"①、"抚胸襟而未识"②，或最能代表古人以才华自许与不遇愁郁的感受了。故而以题襟喻指抒怀，确属巧妙而极有意味的一个文词。至晚唐，段成式将与温庭筠、余知古等文士唱和酬答之作编为十卷，名之《汉上题襟集》，"题襟"一词被借为文人志同道合而聚合抒怀的代名词。而古人以文会友、啸咏唱和的传统由来长久，著名如"邺下之游""竹林七贤""兰亭修禊"，皆以志趣高洁、文章焕然而千古留名。及至宋元，文士中善书画之名士亦现身于雅集之中，其文采风流之盛，令后世文人墨客追慕不已。

逮至晚清，上海出现了一个书画金石团体，直接命名之曰"海上题襟馆"。这个风雅又与地域相连的名称，引来一众书画金石名家，他们崇文尚古，有志于弘扬国粹，其规模之大、活动之频繁，一时为上海之冠，大大促进了海上艺术的繁荣。究其原因，这一切当与上海开埠后商贸文化迅速兴盛最为有关。其时画人流寓上海尤多，因画风面貌融会古今中西而别具一格，被称为"海上画派"。然而，与风格流派意义上的"画派"定义不同，海上画家既守传统又尚开新，既取文人之趣又哺金石法乳，既采民间之长又学西洋之法，最终呈现的是题材多样、画风不拘一格的面貌，积淀起全新的观念，其开放、创新、包容、前瞻等先进的文化意义，已大大超越了绘画创作本身。"海派"之称，逐渐成为上海文化、艺术的代名词，其外延甚至已超越了地域所限。海派艺术构成了海派文化重要的内涵和特征，类似"海上题襟馆"这样的书画同道，则在推动海派文化多元和发展的过程中，发挥了极为可观的作用。

时间跨入了二十一世纪，在全国人民为实现中华民族伟大复兴而不懈进取的新征程中，已经成为国际化大都会的上海，跨越百年，正在重新审视如何打造这座城市在传承、发展和提升城市综合能级方面的文化影响力，而源自海派艺术的"海纳百川"内涵特质，已汇入上海的主体城市精神中，并成为上海三个更具有标识意义的文化内核之一。上海正以更加开放融通、追求卓越的襟怀，重塑着上海本土的文化和艺术，展现着世界的影响力。

作为以中国书画艺术为核心内容的现代出版传媒上海书画出版社，创立于上海。建社以来，尤其是改革开放后的四十年里，我们以几代人的努力，在传承和弘扬中华优秀传统文化艺术的工作中不懈耕耘，出版了大量图书；我们也以自己的专业能力，打造了包括《书法》《书法研究》《朵云》《书与画》等杂志在内的一系列优质的传播交流平台，为推进书画艺术的普及提高和学术研究发挥了一定的作用。在这个过程中，我们得到了许多作者的倾心支持，并与他们共同成长，结下了深厚友谊。如今许多作者都卓有建树，或成为著作等身的著名学者，或因艺术造诣深湛而为书画大家。值此我社即将迎来建社六十周年之际，我们特邀一批海内外作者，拣选、集结一批他们的用心之作，以奉献给我们热情、忠实的读者。

"吞八荒而不梗，蕴妙见于胸襟。"[3]中国的书画艺术植根于中华五千年文明之中，博大精妙，遗产丰厚，绵延至今，依然生命力强大，故足以令人思接千载，究天人之际，抒肺腑之怀；亦值得端倪既往之风规，穷测艺文之奥赜。今感佩先贤之志趣与胸怀，追慕古人之风雅和气度，因以"海上题襟"命为丛书之名，期盼海内外方家都来聚会、抒怀于"海上"。丛书如能启读者之心扉，发学者之思致，并为当今文化、艺术之积淀留下时代的痕迹，则亦属我们为接续中华文脉略尽了绵薄之力。

---

① 《魏书·阳固传》阳固《演赜赋》。
② 《隋书·后妃传》萧皇后《述志赋》。
③ 《隋书·宇文庆传》。

目　录

我的书法创作和学术研究

一、我的书法临习道路

我的读书年代，从小学三年级开始，有毛笔字课，在课堂上，是老师用大的米字格写了字样，挂在黑板上，照着临写。也有家庭作业，小楷是用毛笔抄课文。记得在五年级，有次我写好小楷出去玩了，回来父亲问我，本子上的字是我请谁代我写的。我说没有啊，他不信，说有些字像七十岁的老人写的。我急辩是自己写的，父亲也就信了。从此我就自信字写得不错，对毛笔字有了兴趣。

十四岁清明节，我在书店买了本颜真卿的大字《麻姑山仙坛记》，就天天临写。正式学书法是从这时开始的。以后就不论生病、学校考试或其他情况，包括在"文化大革命"中和在农村插队务农，都没有影响我坚持每天临习。

大学毕业以前所临的碑帖有：

颜真卿《麻姑山仙坛记》、柳公权《玄秘塔碑》、赵孟頫《重修玄妙观三门记》（墨迹本）、隋《龙藏寺碑》、北魏《元诠墓志》《元倪墓志》《石夫人墓志》、东汉《石门颂》《张迁碑》《曹全碑》、前秦《广武将军碑》等。

其中除《龙藏寺碑》和《广武将军碑》临习时间稍短，其他都在两年以上。有些是交叉着临的。临颜、柳、赵三家之后，字写得漂亮了，但总觉得三家的影子摆脱不了，于是开始往唐以上写。

华人德高一时练习书法。一九六四年

唐以前的碑刻大多没有书写人的名字，点画结构少程式化，比较随意。而再上去到魏晋以前，则进入另一种字体——汉隶时代，已在钟、王之上了。

二、"采铜于山"的治学思想

二十世纪七十年代初，中学生都迁到农村、农场、林场、牧场去"接受再教育"。我在苏北靠近海边的一个农村插队四年，白天劳动，晚上和雨雪天就临习碑帖。没事也看看《说文解字》和一些历史书，《说文解字》是下农村前一位朋友送我的。后来进县城里的工艺厂工作了五年，厂里一个车间是专门生产仿古画的，我的工作是题款，靠写字吃饭了。我有幸和王能父先生在一起五年，朝夕相处，他是我老师，是苏州下放到苏北的书法篆刻家，比我大三十二岁，通文字学，擅作诗，人很和善，对我指导、帮助很多。他曾劝我学文徵明的字，因为以书写为职业，字须雅俗共赏，不要一味追求高古。我当时没有照他的话做，还是继续写《石门颂》和北魏墓志。他没有勉强我非要照他讲的去做，只是说《石门颂》结构松，不容易写好；魏碑刀刻痕迹太显露、太生硬，写时切忌做作。我想，魏碑结构紧，写汉隶何不参用其法呢？于是在隶书的结构上开始特别留意。

当时我用的毛笔是长锋羊毫，已写了几年。所谓长锋也就是比一般的羊毫稍长一些，那时店里没有那种细而特长的羊毫卖的。邓石如用长锋羊毫，写字"双钩悬腕、管随指转"，有些走碑学路子的书家也喜用长锋羊毫。但康有为不主张用捻管的方法。近现代沈尹默、潘伯鹰有文章谈到长锋羊毫，都不主张用，也不主张写字时捻笔管。王能父先生写较大的字也用长锋羊毫，调锋时捻转笔管。我也问过他：萧退庵先生写字是否捻管，他说好像也捻管。清代碑学派书家邓石如写字"双钩悬腕、管随指转"，而康有为不主张运指，认为包世臣的字伤于"婉丽"，根子就在于运指。前人论书，各说各的，往往会让人不知所以。我写了几年长锋羊毫，写的字秃头秃脑，转笔调锋时要将笔管捻动，所以运笔也稍慢。长锋羊毫写出的字"拙厚"，这"拙"与"厚"，也正是碑学派书法所推崇的一个标准。故我写较大字（二寸以上）一直用长锋羊毫，并开始结合实践，对一些用具和技法进行思考。

我在北京大学读书的时候，看到顾炎武一篇论学的信札，云："古人采铜于山，今人则买旧钱，名之曰废铜，以充铸而已。所铸之钱既已粗恶，而又将古人传世之宝，舂挫碎散，不存于后，岂不两失之乎？"这篇信札原是有人问他"近来《日知录》又写成了几卷"而写的回信。顾炎武对当时一些文人纂辑前人的学识、文章，以为自己的学术成果，用鼓铸旧钱的比喻，来加以评斥，同时回答来信者说：你是把我的著作当废铜来看了，我一年来"早夜诵读，反复寻究，仅得十余条，然庶几采山之铜也"。

说句笑话，也要怪顾炎武书名取得不好，叫《日知录》，一年三百六十日，每日一条，不就成几卷了吗？顾炎武这些话对我学书的取法，启发很大，使我下决心不再碰古代名家的字，而是广泛搜集秦汉至南北朝间的各种碑刻、铜器、砖瓦、简牍、写经等非名家书迹，庶几采山之铜。

三、我的书学研究

大学三、四年级课程较松，我常到图书馆去看金石拓片。北大图书馆那时也正好在整理拓片，与整理的人认识后成了朋友，在库房里可随便看，有《艺风堂》《柳风堂》整藏的金石拓片，也有整函的关中墓志、铜镜拓片以及单本的明清善本碑刻拓片，

华人德北京大学读书期间在图书馆金石室观看古代碑刻拓本。一九八一年

如《云峰山刻石》《西狭颂》《张迁碑》等。二十世纪八十年代初，那时书店碑帖的印刷品甚少，我看到这么多原拓，眼界大开，随时也做了笔记。一九八二年北京大学毕业，分到南京大学图书馆工作，一年中我写了篇一万余字的文章，因概述多，论证少，故取名《谈墓志》。我写文章很慢，也是学的顾炎武。这篇文章为了一张墓志典型示意图，专门跑到南京博物院去照毕沅的墓志画了张草图。《谈墓志》稿件投给香港《书谱》杂志，于一九八三年十月第五十四期上作为重点文章登出，并在这一期配了两篇短文，作为"历代墓志专辑"。我后来写的许多论文或直接、或间接与这篇文章有关，可以把它看作是篇"奠基之作"，所以荣宝斋出版社二〇〇八年八月出的《华人德书学文集》，编排时，该文放在第一篇。

我的大部分论著由《谈墓志》衍生的关系，我画了个图示：

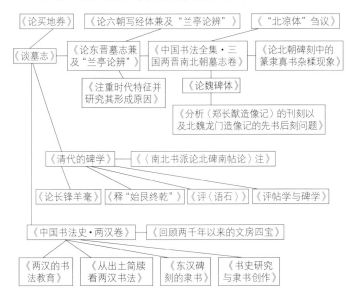

华人德在苏州大学图书馆古籍部整理馆藏碑刻拓片，旁边提问者为薛龙春。
二十世纪八十年代末

　　我的书法创作是碑学路子，所以着重研究碑刻的书法。由于唐代及以后的名碑大多是名家所书，我的目光也就不专注于这些碑刻。至于书法史的研究，则精力集中于中古时期的两汉和未受二王书风影响的十六国和北朝时期，以及清代后期兴起的碑学书派。书法创作与书学研究形成了一种相辅相成的关系。

四、我的书法创作

　　我在临习了近二十年碑帖后，就想找条门径能出来，也就是想创作了，要想有点自己的面目。一次在北大电教室看到一部关于于右任书法的片子，于右任把《广武将军碑》《慕容恩碑》《姚伯多造像碑》称作碑中三绝。当时没有这些碑的单行本。我在图书馆借到日本的《书道全集》中收有《广武将军碑》的部分图版，发现碑中许多字很有拙趣。临了一阶段，悟到一

《中国书法史》七卷本开笔碰头会，七位作者在镇江中泠泉旁合影，左起分别为：丛文俊、刘恒、朱关田、华人德、曹宝麟、黄惇、刘涛。一九九六年

些道理：要写得生动有趣味，就不能执着，要随意，要放胆去写。后来发觉追求趣味，并不是高层次的境界，格调、气息要高于趣味。一心追求趣味，不在格调、气息上着力，字很容易往丑怪奇诡的方向流滑，而堕入恶趣。就像一个人专门以奇出怪样去吸引人，总没有高尚的品格去感动人好。

《金刚经》有"非法非非法"语，这句话用于书法创作，真可"一句顶万句"。姚孟起《字学臆参》中引用了这句话，说道："内典《金经》云：'非法非非法。'书家悟得此诀，何患食古不化。""非法"，原意是如来所说，没有一个固定的法。佛所讲的各种法，各种道理，不能执着。而若你认定自己是什么都不执着的，那么你已经执着了。所以要"非非法"，"非非法"也不是没有固定的法。姚孟起"郢书燕说"，用来论书，我觉得极受启发。"法"若用来讲笔法、结字法、章法等等，就是要打破这些成法，即"非法"；又不能不遵循规律去乱来，即"非非法"。孔子年七十能"从心所欲不逾矩"，就是这个境界。老子讲"道法自然"，自然界看似无序，其实无不遵循规律运行。

有个阶段我将凡能看到的汉代碑刻原石、拓片或图版，将其共性的地方抽绎出来，抛开某碑某字的具体形态，遵循共性规律，在自己所理解的基础上，组织结构、变化笔法。行书则从隶书和魏碑中脱胎，吸收了它们一些结体的特征，而抛却了凛厉角出的刀刻味，去追求宁静恬淡的境界。二十多年来，我没有再刻意求变，然而不知不觉还是在变化，这变化是顺其自然的。

我觉得写字不一定要通过变形、错位、支离、夸张、草率，才算有趣味、有个性，缜密、洗练、绮丽、含蓄、典雅同样是高格。婀娜小篆、端庄正楷，照样能写出个性，写出境界来。庄子在《逍遥游》中所描述的"藐姑射山之神人，肌肤若冰雪，绰约若处子，不食五谷，吸风饮露，乘云气、御飞龙，而游乎四海之外"，令我神往！虽不能至，心向往之。

当然，我并不反对有强烈个人面貌的创作或者奇拙丑怪的字。奇拙丑怪的字要能耐得住看，这不是糊涂乱抹就成的，或许比规整美观的字更难写。八仙中铁拐李是得道的仙人，得道成仙才是其本质、其内涵，人们会亲近崇敬，不然光是缺胳膊断腿的邋遢乞丐，人人就会避而远之了。

跟风学丑怪的字，是个不好的现象。中国的八仙文化甚有道理，八仙过海，有男有女，有老有少，有俊美潇洒，有丑陋怪异，各显神通，和而不同。若一个葫芦上坐了八个都像铁拐李似的丑陋的人，就成搞笑了，就同而不和了。历史上就有这么个故事：春秋末年，鲁国的季孙行父秃顶，晋国的郤克一只眼睛瞎了，卫国的孙良夫是个跛子，曹国的公子手是驼背，同时出使到齐国访问通好。齐国特地安排让秃子为秃子驾车，独眼者为独眼者驾车，跛脚的为跛脚的驾车，驼背为驼背驾车。齐顷公的母亲在楼上见了和众宫女取笑为乐。齐国这场搞笑，激怒了郤克，发誓要报复，终于引起了齐晋鞍之战，齐国失败，顷公被俘。丑怪的字不能跟风，大家都学，艺术就变成搞笑了，书法也可能异化，隔几代人，就看不懂好坏了。

写字的人都喜欢抄写《般若波罗蜜多心经》，《心经》最后有四句咒语，大家都熟悉，咒曰：

揭谛揭谛　波罗揭谛　波罗僧揭谛　菩提萨婆诃

咒语在佛经中都是将梵语音译，因为翻译其义就不是梵语的发音了，咒语就不灵了，故一般都不知其意。"揭谛"是去的意思，"波罗"是到达彼岸，"僧"是众义，"菩提"是觉悟，"萨婆诃"是快速成就。四句咒语的意译是："去吧，去吧！到彼岸去吧！大家都到彼岸去！速成正觉！"

快炙背而美芹子——我的书法创作观

书法创作，可以狭义和广义观之。狭义，是指书法家通过构思创作出新颖之作；广义，是通过数年、数十年探索，形成自己的风格，风格本身是体现书家审美趣味、审美理想的，因此书法家写出的作品也就成了艺术品，其个性气质、情趣追求等都成潜意识流露于作品。书法创作如果同于人，即非自我；如果异于己，亦非自我。有些书家发表作品往往以怪异不同于往日面目为新颖，或许这种新颖可以对自己风格的转变有所启示，但当你去追求这种风格转变时，必须要重复体验，一经重复，就不新颖了。当你不去追求风格转变，这种新颖对本人来说也几乎无意义了。风格，必须有稳定性，这意味着许多因素——如笔法、结体、章法、用墨等在重复。书法本是书写的艺术，签名、笔迹之所以有法律效力，并能对其人之性格气质、品行学养等进行测验，也就是因为有其稳定性。狭义的有意义的创作，通过构思产生一件新颖的作品是不可多得的。广义的创作即是形成自己的风格，从事书法的人有毕生追求而不可得的。形成了风格，又需不断提高其品位，使其完善。形成风格后，大多数作品是随意写成的。古代的书法名作，我想几乎都是这类作品，而非刻意经营、呕心沥血者。当你未形成风格和风格品位不高时，即使精心构思创作了与众不同或与自己以往面目不同的作品，也未必就够得上艺术精品。搞艺术的人如果不能形成自己的风格，他就是一个失败者。小创作难，大创作更难。

书法家下笔每作千岁之想，未必就能写出佳作来。精心构思、刻意经营，可以使其工致巧妙，而不一定神逸自然。五乖五合与作品的优劣也并无必然的联系。神来之笔说白了就是出于意外，非自控所能写出。产生一件成功之作有一定的偶然性。自己的精心得意之作，在他人眼里未必佳，而勾乙涂抹的草稿，却往往以为趣味横生。创作难，成功更难。

我认为学隶书以汉隶为最佳取法对象，这也是历代所公认的。因为汉字发展到两汉，正是使用隶书的阶段，隶书完全成熟是在西汉后期，直至东汉末一直是应用书体。东汉中后期立碑刻石之风最为盛行，传世汉隶碑刻风格繁多，庄重淳古，应是临池的最好范本。学隶书先可选择自己所喜爱、风格又与个性相接近的汉碑学，以后再学一些风格类似的其他碑刻，由此奠定自己的隶书基础。各种风格的汉碑不一定要遍临，但一定要遍观，抽绎出汉隶中具有共性的成分。还可以从汉代的竹木简牍、铜器铭刻、砖文瓦当、画像题记、墓石地莂等汲取营养。学各种类型风格的字可以互补，但要予以取舍改造。学隶书要懂篆书，识古文字，因隶书是从先秦文字逐渐演变而来的，这是厚其源。魏晋以后的隶书碑刻也并非不能学，诸如前秦《广武将军碑》、高句丽《好太王碑》、北齐北周《四山摩崖》等，朴拙宏伟，气息高古，都是很出色的隶书碑刻，礼失而求诸野，魏晋以后汉字虽已从隶书渐渐演变为楷书，而这些碑刻仍保留了汉隶朴茂的特色，这是广其流。唐隶华腴整饰，描头画角，不必学。清人隶书各有特色，也都有习气。楷书的用笔和结体，慎勿杂入隶书，以使气息浇漓，因为隶书与楷书有一上下流关系，不宜逆转。清末姚孟起《字学臆参》中有段论述很精妙："学汉魏晋唐诸碑帖，须各各还他神情面目，不可有我在，有我便俗，迨纯熟后会得众长，又不可无我在，无我便杂。"可以细细体会。

我的行书是从隶书蜕变而来，某些用笔和结构都和隶书接近。我的学书途径和主张是碑学派路子，即取法非名家书法，而排斥名家书法，因学"二王"以后历代名家的书法，则始终不能摆脱其影子。早年虽曾临习过颜、柳、赵字，以后就由隋而魏而汉溯流而上，再未涉"二王"藩篱一步。行书是有动势的，要激越流动易，要恬淡宁静则难。我是勉为其难，配合书风，将字距行距拉大，以显清旷。

阮元在《北碑南帖论》中云："短笺长卷，意态挥洒，则帖擅其长。界格方严，法书深刻，则碑据其胜。"帖学书法，用笔轻灵，使转萦带，便捷连贯，适宜写行草小字、条幅手卷，而题写匾榜楹联，则势单力弱，难以卓立。碑学书法，用笔迟重，斩钉截铁，风骨特立，适宜写隶楷大字和楹联匾榜，而挥写条幅手卷，往往尾大不掉，僵直无韵。对联之字较大，可以相对独立。对联是我喜欢而常用之形式，是扬长避短之一法。

以上是我的艺术创作思想、学书道路和体会，山野之人快炙背而美芹子，献诸富贵、市井之家，不见得能接受和喜欢，然贫乏草昧，仅此而已。

人生之半的转折

丁亥年是我周甲，回想三十周岁考上大学，正是我人生之半的转折点。一九七七年秋初，中央拨乱反正，要恢复高考。那时我已从农村招工到东台城镇，在一家工艺厂工作了四年，并结了婚。妻子也是知青，户口在乡下，女儿出生后，就在我厂里做刺绣的临时工。我们虽然工资都很低，但节衣缩食也能勉强度日。车间里大多是苏州、无锡下放的工艺美术人员，工作气氛甚好，尤其是我的老师王能父先生和著名画家沈子丞先生都对我很好，生活也较安定。当听说要恢复高考，我心里不是喜悦，而是觉得烦乱。我想：我是六六届高中生、"文化大革命"时已读完高中课程，读的是省重点中学，成绩也名列前茅，基础比下几届学生要好。但是我年龄偏大，已婚，家庭成分是资本家。如果我考上大学，单位是镇办小集体，不可能给我带薪上学，自己的生活怎么办？女儿的养育怎么办？但是我失去这次机会，将一辈子留在苏北靠手艺糊口了。妻子看我心神不宁，就对我说，你去考吧，以后经济上的事你不用管。我母亲也从无锡老家来信，说她也会帮我抚养女儿的。我这才下定决心准备应考。

报名的日子到了，但是镇里负责这项工作的干事对我说："你年龄已过了报名条件，不能参加高考。"我顿时感到兜头浇了一盆冷水。回到家，我痛哭一场，高考成了泡影。

第二年春天，我被临时抽到县里去参加评论写作，看到两

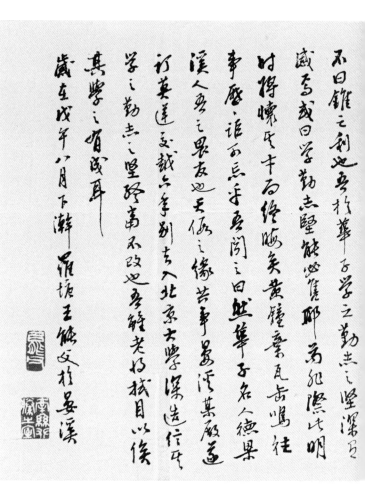

华人德考上北大，临行前王能父所作并书《送华子序》

位同去的本地青年在一问一答，似在准备政治考试题目。问他们是怎么回事，他们说在准备今年的高考，又说今年对六六、六七届学生没有年龄限制。我当时不甚相信有这等好事。不久镇文教干事通知，说我今年可以报名高考，并向单位领导讲，考前让我停工复习十天，工资要照发。我因考虑到自己年龄大了，就报考文科。

考试在七月上旬，天气湿热像蒸笼。记得我在教室最右边一排最后第二座，这排五名都是大龄考生，其他可能都是应届生。

第二天上午考数学，试卷做到一半，纷纷有人交卷离开了考场，我有些慌乱，但还是定下神来仔细做题目，做完题目，复看再三，到打铃才交卷，觉得可得满分。下午进考场时悄悄问监考老师，上午怎么许多人做得这么快？老师说，这些人几乎交的都是白卷，你们这排考得都不错。其他几场考试也都顺利。

这次高考和以往不同，先公布成绩，后填志愿。我除政治考得较差外，总分四百四十一分，俄语在中学里本来就没学好，十二年不接触，几乎忘光了，得了三十九分。周围报考的人都只考一、二百分，我们一排的前四位都在四百分以上。有消息传来，我是盐城地区文科状元。不久，填志愿表了，我放胆拣最好的学校填。重点大学我填了北大、南大、复旦、华东师大四所。普通大学就填了江苏师院一所（即今苏州大学）。北大的专业是图书馆学系图书馆学专业和历史系考古专业。我爱看书，而图书馆尽是书。料不到以后学习和工作道路就按我填的志愿走了。我读书在北大，毕业后分配到南大，工作一年就调到苏州大学工作至今。

录取通知书我是县里第一个通知到文教局去领取的，一看是北大，当然很高兴。我一家父母兄妹六人，先后分五批下放到农村，父亲去世后，母亲就回无锡老家生活了。我路过邮局，发了两封电报，一封给母亲，一封给苏州岳父母家，先报个喜讯，另外因离报到日期没几天，要买一张无锡到北京的火车票。那时到北京的车票很难买，必须提前去排队。事后我母亲对我说："你为何非要发电报呢？我听到邮差在天井里高喊要我取图章拿电报时，一问是东台发来的，我的心就卡在喉咙口，双脚发软，当拿到电报时，满手是汗，一直在抖。"是呀，我根本没想到会让大人受惊吓，那时拍电报大多是报凶讯，四十岁以下的人是很难理解那时情景的。

我先回家，然后再去厂里，消息比我人去还传得快，厂里人已都知道了，隔天厂周围的人也都知道了。其他人考上大学的信息也陆续在传扬，整个城镇顿时热闹了起来。

王能父先生悄悄提醒我不能太高兴，会伤身体和出意外的。他是怕我不要像范进中了举，喜极而得癫疾。那两天王先生将自己关在工作室不断写字刻印，不许旁人打扰，满地烟头废纸，一片狼藉。我临走前，他交给我一沓东西，有《送华子序》一篇，对联三副，印章三枚，线装《段注说文解字》一部十册。对联都是陆放翁句，先生平时喜欢陆游诗，其中一副"昏瞳但怪花争坠，衰鬓应无白可添"，用以自况。王先生自我初见他时，头发已全白，那时他才五十九岁，不久左眼失明，师母去世后，他就留了胡子，他要比实际年龄看上去老得多，我和他朝夕相处了五年。一方姓名章三面刻满边款，另二方为"阿德所有"与"华人德读书记"。他说，你是个穷学生，随身的都是普通书，刻藏书印章太奢华，用这两方印书就不大会丢失。我说，这部《说文解字》你要经常看看翻翻的，自己留着，我有一本大徐本《说文解字》，其他的我收下。他说："你走后，也没有人再和我讨论文字了，你年轻，今后用得着。"沈子丞先生送给我一支钢笔和一本日记本。我也送了一只古代的小陶罐给沈老作案头摆设。晚上他在作画，画的是月下芦苇丛中有个女子在船头吹笛，笔墨意境极佳。他见我说好，就讲，这幅画我画得满意就送给你。我说："沈老，我已经有你几幅画了，不能再要了。"他画完后问我要题什么句子，我踌躇一下说，就题萨都刺的"江上月凉吹紫竹"吧。沈老将句子题好后，接着又写："人德兄即将离台，余亦不日南归，再见难期，作小画留念，之淳。"

我到北大系里报到已是最后两名了，接待的是几位七七级的学生，他们一问我的名字，就说年级最高分的来了，旁边也有看着我交头接耳的。宿舍是最后一间，其他宿舍都是六人一间，我们四人一间，晚来者沾了光。七八级一个班五十人，七七级也是一个班五十人，和我年龄差不多的有十二三人，已婚的有九人。

不久我收到王先生汇来的一百元钱，让我买书用。他原已退休，退休工资外，工艺厂只给他三十元月薪。接着又来一信，告诉我学校里旷夫怨女多，要将心放在读书上，学成后可以报效国家。晚上熄灯就寝后，大家躺在床上照例要讲讲新闻，我说我老师今天来信，说学校里旷夫怨女多，要我清虚自守。一位马上插嘴说，我们宿舍四个人，有三个半旷夫。半个是指在原农场已有女朋友的那位，他正盘算着明年要结婚。接着就排查还有哪些旷夫，哪些可称为怨女的，笑声响彻四邻。

一学期下来，入学时系里指定的西藏考来的党员军人班长，因功课感到吃力，提出要辞职。那时班里各类事务均由班长主持安排协调，老师基本不来干预，也不再有辅导员。于是大家提出选举要绝对民主，无记名投票，没有候选人，每人发一张白纸，可写一男一女两个姓名。票最多者当选。结果我得票二十三张，当选班长，一直干到毕业。

推荐两本书

《书法报》编辑给我出了个难题，要我为有一定水准的书法篆刻艺术家开具一张精读和应读的书目表，书最好不超过十二种。我本人在书法艺术上崇尚碑学，研究重点是汉魏两晋南北朝书法史，本身就像个偏食者，要我开份菜单，如列出《史记》《汉书》《释名》《世说新语》《高僧传》《水经注》《颜氏家训》等，恐怕读者会笑我阔远不经，在作欺人之谈。考虑到众口难调，还是稳妥些，只推出两道家常菜——《说文解字》和《语石》。首先这两本书是文字学和石刻学的经典著作，版本众多，书也好找，既非熊掌豹胎之类难觅的珍馐，也非河豚马肝之类误食会中毒的荤腥，少长咸宜。

《说文解字》，东汉许慎撰，是我国最早的一部字典。有正文十四卷，叙目一卷。列五百四十部首编排，字头为小篆，运用六书理论系统地进行说解，分

一九六九年十月华人德赴东台插队务农，朋友赠送此书，数十年一直随身翻阅

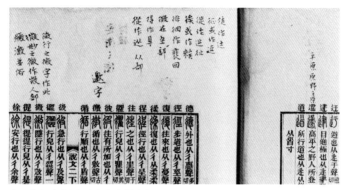

华人德在《说文解字》书内的读书眉批

析字形，探求本义，保存古训。用形声字声符和"读曰""读与某同"等方法注音。收录了部分先秦古文、籀文的写法。据许慎自叙云，共收字九千三百五十三个，重文一千一百六十三个，说解十三万三千四百四十一字。原本已经后人篡改，今通行本为北宋初徐铉等校定，称大徐本。南唐徐锴撰《说文解字系传》称小徐本。大徐本新补十九字于正文中，又采经典所用而《说文解字》不载者四百零二字附于各部之后，称为"新附字"。"叙"隶于书之末，这是汉人著书体例，为许慎述其著书之意，是一篇研究先秦至两汉文字学和书法史的珍贵文献。

《说文解字》不仅使我们认识小篆，还可由此为梯航，了解和释读先秦文字，理解隶书和楷书的演化，尤其是后世真书（楷书）的形体演变，曾明显受到《说文解字》的指导和约束作用。传统的书法创作与汉字有密切的依存关系，尤其写篆书、隶书和楷书，通晓《说文解字》甚为必要。

《说文解字》有中华书局一九六三、一九八四年影印清代陈昌治校刊平津馆本（介绍的为较好或常见的版本，以下相同），此版本依字分行，增加楷书字头，书末附新编检字。

对《说文》的研究以清代人成就最高，有关著作不下数十种，著名的有段玉裁《说文解字注》［上海古籍出版社一九八一年影印清嘉庆二十年（一八〇七）经韵楼原刻本］、桂馥《说文解字义证》［中华书局一九八七年影印清同治九年（一八七〇）湖北崇文书局刻本］、朱骏声《说文通训定声》［武汉古籍书店一九八三年影印清咸丰元年（一八五一）临啸阁刻本］、王筠《说文句读》［上海古籍书店一九八三年影印清道光三十年（一八五〇）王氏自刻本］等，可以参看。近代有丁福保编《说文解字诂林》（中华书局一九八八年重印上海医学书局一九二八年正编及一九三二年补遗本），此书按字头汇辑各家著作材料，次第剪贴影印，可以了解各家之说，使用甚便。今人张舜徽撰《说文解字约注》（中州书画社一九八三年影印本），宜于初学者阅读。

《语石》，清末叶昌炽撰。十卷，共有四百八十四则。系统地论述各类碑刻的形制体例、分布流传、书法演变、摹拓鉴别，以及有关的遗文轶事，着重对各时代的书风和各家所书碑刻的优劣得失进行了批评，语皆公允精当，多所创见。传统所择临习范本，非碑即帖，故学者不可不读《语石》。拙撰《评〈语石〉》一文发表于《中国书法》总三十四期，一九九三年第二期，可以帮助对该书的了解。

《语石》有上海书店一九八六年影印苏州文学山房清宣统元年（一九〇九）刻本，又有万有文库排印本。

考古學專刊
丙種第四號

語石　語石異同評

葉昌熾撰　柯昌泗評

中華書局

《语石　语石异同评》

柯昌泗著有《语石异同评》，对《语石》每则加以补充订正，指明异同，间亦评论其得失。中国社会科学院考古研究所组织人员整理为《语石　语石异同评》一书，由中华书局一九九四年出版，便于对照阅读。另有欧阳辅纂辑《集古求真》及《续编》《补正》（开智书局一九三三年石印本；台湾新文丰出版公司一九七七年出版《石刻史料新编》第十一册中有影印本），按书体分类述评历代碑刻及拓片，与《语石》可为经纬，对《语石》误处亦有考正，唯此书今不易见。

《说文解字》和《语石》是书法篆刻创作者应读且需精读的两本书，将终身受益。

王能父师

王师能父先生，姜堰人，中年寓吴门。好吟咏，诗稿皆不留存。通许氏《说文》，精书法篆刻，擅刻竹，亦善作谜语。尝以"自小在一起，目前少联系"射一"省"字，获首届全国灯谜比赛"五虎将"之首。晚年受无锡园林局聘请，为园林修复、布置、题刻，出力颇巨。先生一生清贫，安之若素。为人平易豁达，不标举清高，而耻因人热。享年八十三。葬无锡锡惠公园内忍草庵后半山，不封不树，托体山阿。

今日为先生去世十二周年忌日（一九九八年二月十三日），以为纪念。己丑岁除夕，人德。

一九七三年秋，苏北东台县城一家工艺厂开办国画生产业务，到农村来招收能书会画的人进厂。我插队在海边已四年，自小临池未间断过，会写毛笔字，经朋友的推荐，列入了招工的名单。我去厂里参观，只见环境设施极为简陋，但厂里大多是苏州、无锡的下放人员，工种有书画、刺

王能父、华人德合影。一九八三年

华人德《纪念王师能父先生文》

绣及装裱，在一个成天在田里耕作的知青眼里，这厂真是一个理想中的乐园。朋友指着一位老人介绍说，这是苏州老书法家王能父先生。当时先生尚未到花甲之年，但已苍颜白发、牙齿脱落，比实际年龄看得老得多。翌年初夏，我正式进工艺厂工作，被安排和王先生一起搞书写，兼管图书资料。记得和王先生一见面，他就要我去县文化馆看一个正在举办的盐城地区书法展览，并指定有几个人的作品要仔细看，看后将我的评价告诉他。他是要先测试一下我的眼光。我因酷爱汉魏碑刻，已写了多年北魏墓志，王先生对我说：现在写字成了你的工作，高古的字难为一般人所欣赏，所以要能写两手字，要会写得一手工整漂亮的字，文徵明的字雅俗共赏，建议我学学。他说自小秉性懦弱，受父亲督责，行楷学赵孟頫，隶书得力于《曹全碑》和《西狭颂》，小篆历来首推斯、冰，而二李中更爱李阳冰铁线篆，自知取法不高，唯性情所适，不肯人云亦云。又讲：所谓遍临

王能父读书像

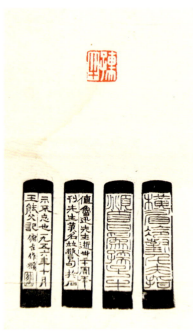

王能父参与沪苏篆刻名家刻《鲁迅印谱》中的"孺子牛"印。一九五六年

百家，既不可能，也不必要，但一定要多看，见多识广，才能有所比较，有所取舍。在先生的教导下，我明白了这样的道理：司空图所列二十四诗品，有雄浑、高古、纤秾、绮丽……品流间难分轩轾。书品犹同诗品，可以各有所爱，并根据自己的个性和理解，选择追求的目标，其造诣就是在此品流中所能达到的境地。如果妄举高标，以粗豪为雄浑，以简率为高古，就失之毫厘，谬以千里了。王先生见我潜心于汉魏碑版，常提醒我写魏碑切莫模仿刀锋的削露或字口的剥蚀痕，以堕丑恶。又说《石门颂》不易写好，往往使结构松散、笔画蜷曲，须有才气提炼方可。相传傅山一次见到儿子傅眉写的字，惊呼说儿子活不到吃新麦的时候了，后来果如其言。老辈人相信字迹与寿数相关。不知王先生是相信此说还是以此为借托。先生曾告诫过我：年轻人不可将字写得枯，字枯乏就像人未老先衰，非寿者之相。写字要出于自然，切忌做作。先生写大字用长锋羊毫，

双钩悬腕，管随指转，此法得之于萧退庵先生，转折时笔锋随手指捻管而转换，不致扭绞。喜蘸饱墨，运笔提按顿挫，极有节奏，字迹老苍而妍润，常以一"韧"字自评其书。

先生认为文字学与书法关系最为密切。我在农村四年，白天下田劳动，晚上在油灯下除临写碑帖外，即看一朋友送我的大徐本《说文解字》及一些历史书，故能识得篆字，在"文化大革命"后期，年轻人尚无人读此等书。王先生常举《说文》中篆字和我谈论，并要我将常见的古体诗词用篆书写出。没有的字找合适的字通假。叮嘱要勤于查书，可少出差错，他讲起邓粪翁有一次篆书将"晴"字写成了日旁加青，有人指出"晴"字篆书作"姓"。粪翁事后常说：有些篆字没有十分把握，一定要翻书查一查再写，不可杜撰。先生篆刻宗汉印，认为刻印篆法为首要，章法次之，刀法又次之。所刻印布置工稳，不事离奇，亦不喜破残，用大刻刀。

先生平时经常做诗吟咏，偶录有诗稿，有诗友来，往往携之而去，也不索还，故至今竟不存，大多也记忆不起了。先生于古人中最爱读陆放翁诗，既击节叹赏悲愤激越的作品，更喜吟哦其闲适清新的诗句。

王能父赠予华人德题名照

王能父《昏瞳衰鬓》七言联

王能父《白发青灯》七言联

王能父为华人德刻
姓名印和读书印

又善刻竹，精于灯谜，名闻海内。《文化与娱乐》杂志主办的首届全国灯谜比赛，谜友邀请其参加，于是以"自小在一起，目前少联系"射一"省"字谜投稿，而获得"五虎将"第一名。王先生从不教我刻竹与灯谜，以为刻竹是雕虫之技，而灯谜只可消遣娱乐，我年纪轻，意志不能放在这些方面，却要我经常做做诗，以提高自己的情操和修养。

先生一生清贫，那些年我家境极为困苦，平时无能力孝敬先生，唯刻苦读书学习，不敢蹉跎岁月。在东台五年里，我和先生朝夕相处，有两件事我最难忘：

一九七五年中秋节前两日傍晚，我在轮船码头送人回无锡，有人来找我，说师母病危，要我立即帮着送医院。我匆匆借了辆板车，师生二人将师母推了去医院。路上月华如水，师母絮絮欲言，声音极微弱，停下车倾听，师母讲中秋节到了，怎么过节？买些什么菜？先生讲，等你病愈出院后再过。刚送到医院，师母就痰上壅绝了气，未能抢救过来。我回去帮了办后事，而先生在医院太平间和师母陪伴了最后一夜。从此以后，先生蓄了须，以为对师母的纪念。

一九七八年秋，我考上了北京大学图书馆学系，因拿到入学通知书没几天就要到校，故忙于办理各种手续和准备行李。那几天王先生一直闭门在刻印写字。在我临行前，他从数十幅

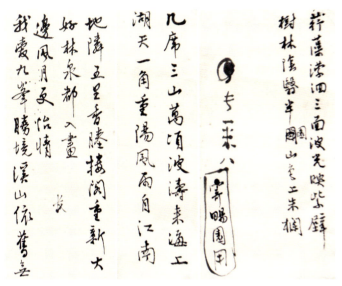

王能父为无锡园林修复所撰写的景点楹联

字中选出"昏瞳但怪花争坠，衰鬓应无白可添""白发无情侵
老境，青灯有味似儿时"等三副陆游诗句对联给我，用以自况；
还为我刻了一方姓名印、一方"读书记"印、一本装订好的印
谱，印谱跋中说他申言从不留印存，因我将游学远行，故食言
钤集近年所治印于一册，可作留念；并将一部线装的段玉裁《说
文解字注》从收书架上取下，说此书已随他数十年，现已老了，
眼花不辨细字，我走后也没有人再谈文字了，让我带去，今后
或许有用；又写了一篇序文，要我好好读书，不断上进，殷殷
勉励再三。

我在北京大学读书时，靠十多元助学金维持生活，到校不
久，就收到王先生汇来的一百元钱，让我买书用，这一百元钱
在那时是他三个月的工资收入。

王能父送给华人德的线装《段注说文解字》

一九八〇年下放人员纷纷回原地，王先生也离开东台，由无锡园林局聘请了去，在无锡数年中为园林的修复、扩建和布置做出了许多贡献。我在读书期间回无锡老家，总要到惠山去看望先生。毕业后不久，我调到苏州大学图书馆工作，王先生也回到苏州，在他以前所在的艺石斋担任顾问工作。我夫妇经常抽空去看望他。先生无著述，我曾问其原因，他说他不能以自己的观点去影响他人，何况一些观点还为自己所否定，所以连灯谜方面都不敢有著述，遑论其他了。

王先生原名月江，江苏泰县姜堰人。少秉家学，习书法，中年客居苏州，曾师事常熟萧退庵先生。我受其言传身教、潜移默化，获益良多。先生不标举清高，且耻因人热，汪汪如千顷陂，澄之不清，淆之不浊。韩愈有句诗："大匠无弃材，寻尺各有施。"我这尺寸之木，如未有先生整斫，或许至今仍是块弃材。

沈子丞先生

　　沈子丞先生前辈，嘉兴人。中年后流寓苏州，一度别署柳稣，以画名闻中外。书法亦独绝。用小笔，作浓淡墨。字小，则纯用中锋；若大字，则卧笔疾扫，翻腕转指，以就其锋，奋起发力，顿驻蓄势，合于桑林之舞。尚自谦为"画字"。其谙熟用笔理趣，又善用水墨，结字修短大小，随机应变，章法虚实调合，游刃有余，故不同凡俗。

　　先生晚年耳聋，喜清静，厌喧嚣，号听蛙翁，反其意也。享年九十又三。吊唁时，余献花篮，并作挽联云："东台曾蒙教泽，而今哲叟沦西界；南国长留丹青，当世画坛仰北辰。"又为先生墓碑书丹。

　　庚寅新春于香溪，人德年六十四。

　　"文化大革命"后期，外贸出口逐渐恢复，苏北东台有家小厂筹办了国画车间，将苏州、无锡等地下放到农村的绘画、刺绣、装裱等专业人才寻访招聘到厂里。当时我是个插队知青，因习字多年，由朋友介绍，也列于招工计划名单之内，进厂之前曾到国画车间去参观过。所谓车间，是在一废弃的小学内，几间破旧的房间里放上几张画桌。由于设计人员和工人多是从农村调到城镇，从事自己熟悉的行当，按件计酬，有比在田里挣工分多得多的收入，所以都认真工作，亦可谈笑，其乐融融。在一个小房间里有两张画桌，一个身材较小、皤然白发的老者在打画稿，另

华人德《纪念沈子丞先生文》

有一年轻人在画画。朋友向我介绍，老先生是从苏州请来的著名画家，专门做设计的。墙上挂了两幅绢本画芯，是青绿山水，我因第一次见到这样的画，十分惊奇。出来问朋友："那两幅画大概是老先生画的吧？画得真出色！"朋友说："是那位年轻人

沈子丞

画的，沈老先生的学生。"我很惊讶，觉得老先生胸中丘壑，深不可测。这是我第一次见到沈子丞先生，印象极为深刻。

我进厂工作后，发现厂里上下都对沈先生十分尊敬，苏州、无锡人不问是否师从，晚辈几乎都称他为"先生"而不冠姓氏。我从事的工作是书写，老师是王能父先生，所以称"沈老"而不称"先生"。后来车间领导要我兼管图书资料，沈老因有时要来借画册，他设计的画稿也需先交给我登记，然后再能出借，这样很快就熟悉了。我对沈老非常景仰，有空常去看他写字作画。沈老擅诗词，工书法，精画艺。所作人物、山水、花卉、蔬果，能工能写，苍劲浑厚，无不精妙。其中以人物最著，一般皆不打底稿，随手画出，勾勒线条，面容造型，不因袭前人，仕女童叟，都憨态可掬，气息高古，在改七芗、费晓楼之上。山水取法王蒙、石溪、石涛。晚年山石不多皴擦，以渲染为主，

沈子丞《深山访友》

树木也删繁就简，意境清远。设计画稿，以人物、山水为主。每日傍晚常小酌，饭后在灯下趁微醺挥毫，或书或画。画多为花卉蔬果，间作山水。我最喜爱沈老的花卉，因为都是乘兴而作，不名一家，最富笔墨情趣，百看不厌。他每画应时花卉，冬春都画梅花，或老干丛生，千朵万蕊，或疏影横斜，一枝独秀；夏季则写荷花，或亭亭净植，或摇曳生姿，水墨淋漓，令暑气全消；秋天常画菊花、雁来红，或傍疏篱，或旁有酒一鳖，紫蟹三四，乳姜两枚，色彩斑斓悦目。画好也不装裱，即作钉壁之玩，按季节更换，有喜爱者常取去珍藏。若是写字，更是笔下生风。沈老书法初学恽南田，也临过《张黑女志》，后获钟繇《荐季直表》，反复研习，结体扁密，运笔拙厚，深得其神韵，行草也是从中化出。沈老写字用小笔，先蘸水，再用纸吸干，然后笔端蘸浓墨，浓淡枯润相间，过渡自然。若写小字，是纯用中锋，写大字则卧笔或按到笔根疾扫。小笔因含水墨较少，枯湿浓淡过渡分明，节奏韵味表现丰富。但是用来写大字，

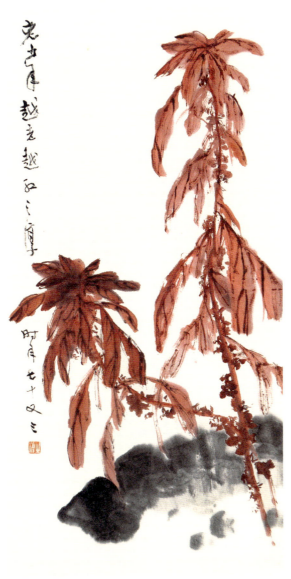

沈子丞《雁来红》

就必须把笔毫铺开，这样笔锋散开不能聚拢，线条就单薄，失却含蓄浑厚之美。而沈老能扬其所长、避其所短，与一般写字执着于中锋、笔管不能欹倒的成规不同，挥毫时指腕翻动，处处将散开的笔锋随着笔画的正中运行，奋疾发力，顿驻蓄势，如庖丁解牛，"合于桑林之舞，乃中经首之会"。由沈老起稿的一幅《古寒山寺图》，用发绣绣成，获得全国旅游工艺品优秀奖，其诗堂是请费新我先生写的张继诗《枫桥夜泊》行草。费老的字健笔纵横、倔强古拙。沈老看了说道："费老才是写字，而我则是画字。"沈老这话是自谦，但这一"画"字极为恰切地道出了他的书法特点。他将画法融入书法，由于谙熟用笔理趣，又善用水墨，结字修短大小，随机应变，章法虚实调合，游刃有余。所以书法作品耐人寻味，不同凡俗。

沈老也擅诗词，常以诗入画，有画也必题诗，造语清隽，回味无穷。二十世纪七十年代中期，由数位青年随同，先游黄山，做纪游诗十八首，并有写生稿。后又游泰山、洛阳、华山、西安、成都、重庆，经三峡至庐山，历时月余，时年逾古稀，尚壮游万里。

一九七八年，我参加了高考，被北京大学图书馆学系录取。临行前，沈老将一枝金笔和一本日记簿赠我，以作勉励。我也把一只古陶罐送给了沈老，送去时，他正在作画，画的是月夜芦苇丛中一只小舟，上有一位吹笛的仕女。他见我喜欢，又将这幅画送给了我，以我喜欢的萨都剌诗句"江上月凉吹紫竹"为题，并跋数语："人德兄即将离台，余亦不日南归，再见难期，作小画留念，之淳。"

我在大学三年级刚开学不久，沈老应文化部邀请，到北京中国画研究院创作数十天，住在颐和园藻鉴堂。一天晚上，我骑车去看望他，同邀请的还有夏承焘、许麟庐、徐邦达诸先生。过后我陪他还有张倩华女士一起去游览了圆明园遗址。沈老来时用手帕包了一个硕大无比的水蜜桃，说：文化部送给他们每人两个，他舍不得都吃掉，留一个带给我吃。从圆

沈子丞《江月笛声》

明园回来，再到北大我的宿舍里小歇，看看我的学习和生活的环境。这一年冬天，"首届大学生书法比赛获奖作品展览"在中国美术馆展出，北大的几位获奖者去参加了开幕式。看展览时，遇到了几位北京的老书法家，其中有黄苗子先生。许多学生出于好奇和求知欲，围着老先生请求指点自己的作品，或者提出些各种各样的问题。有人问黄苗子先生对目前书坛状况的看法。他说："名气大的不一定就好，有些真正有本事的却不一定广为人知，比如苏州有位老先生沈子丞……"黄苗子接着对沈老的书画艺术极口称赞。我正好在旁边，就接口说："沈老我很熟悉，他不久前还被请到颐和园创作书画。"黄苗子说："是我向文化部推荐的。一次我和几位朋友到苏州虎丘，在山

沈子丞、华人德在南林饭店

顶致爽阁见到正中挂了一副大对联：'花逢微雨好，山爱夕阳时。'大家驻足观赏了很久，于是去寻访会晤了沈老，他的艺术造诣确实高。"

翌年，苏州市工艺美术学会成立，沈老任理事，并由上海市市长汪道涵聘为上海市文史研究馆馆员。他在数十年前编著的一些书陆续再版，不久又分别在上海、苏州、桐乡、香港、新加坡等地举办书画展，出版了《沈子丞书画集》，作品也广为书画刊物登载，一时荣誉交臻，名声日隆。一九八三年秋，我从南京大学调至苏州大学，沈老也一直寓居苏州，每年我去看望他一两次。一九九六年六月五日沈老因病去世，享年九十三岁。我夫妇得讣闻即赶去吊唁，献上花篮一只。追悼会上作挽联一副："东台曾蒙教泽，而今哲叟沦西界；南国长留丹青，当世画坛仰北辰。"

萧退庵先生的晚年生活

虞山萧退庵先生，早年入南社，任教于爱国女学，意气风发。中年奉佛，修居士行，并以鬻字为生。精各体书，名闻海内。周甲后来苏，住南园圆通寺。常披黑斗篷，肩垂一布囊，中具笔印之属，行走作佩环鸣。时至酒肆茶馆，多赊欠，偶得润笔，即偿还。暮年贫病，尝行辟谷，卒以饥馑死，悲夫！

己丑岁寒，于灵岩东麓，人德。

华人德《纪念萧退庵先生文》

萧退庵致王能父信札　　　　　　信札背后的欠条

　　一九八六年，《中国书法》杂志复刊（以前只出了一期创刊号就停了）。主编写信来要我写一篇关于萧退庵的文章，放在"现代名家"栏里，而且催得很急，要在第二期上发表。那时我已调到苏州大学工作，我先去找王能父先生。他回忆了一些对萧退庵先生印象较深的事，并找出一封萧先生的信和一张名片，信的开头称"能父学弟"。王先生笑着说："你看，萧先生是认可我这个学生的。"萧先生名片背面是他亲笔所写："能父处四万，迟数日缴，请为致声。"这是萧先生晚年借了四元钱，一时还不出，请人带来的便条。我隐隐感觉到这位未见过的太老师晚年的窘境了。我问萧先生是怎么去世的，王先生迟疑了一会说："是饿死的。"他接着还说："当我得知萧先生躺在床上，还特地买了只蹄髈，红烧了装在篮里提去看望他。

萧先生很高兴，还坐起来，吃了半只，没几天就过世了。萧先生的事我知道得不多，曼公和他接触最多，你可去找他谈谈。"

我到沙曼翁先生家，谈起来意，因为文章是投到书法刊物去的，所以沙老主要是谈一些与萧先生书法有关的事，当然也讲到一些他晚年的事。沙老讲："解放后，我在上海工作，薪水有一百多。每月定期要回苏州家里来，也总要去看看萧先生，给他十多元钱补贴生活。所以每到那两天，萧先生就要巴望他去了。五七年反右，我被打成右派，到嘉定窑厂劳动，工资也减了，家里人口多，自顾不暇，萧先生那里也就不贴钱了。"沙老记得很清楚，萧先生是一九五八年农历四月初八（五月十六日）去世的，享年八十三。

沙老还拿出一份金立初先生写的《萧退庵先生传》，是一份用圆珠笔写在格子稿纸上的手稿，给我写文章参考。手稿很简练，是文言文，只两页纸。文章写好后，我取名《记萧退庵老师及其书法》，署名沙曼翁、华人德。我还选了萧先生的书论二则，以及一些作品，其中就有那封信和名片。同栏目还有柳诒徵的文孙柳曾符写的一篇《江南大书法家萧退庵》。

关于萧先生的晚年生活，我在《记萧退庵老师及其书法》一文中曾写道：

晚年老师辟谷养生，慕陶渊明、苏东坡、傅青主为人，戴乌帽、披玄氅、衣僧衣，雨天一箬笠，常挎一书囊，盛笔墨纸书，胸前挂弟子邓散木所刻"本无"羊脂玉印一枚，胡须梳一把、门钥匙一个，行路叮当，如鸣佩环。便溺时失禁，社会活动均以此辞……恒贫困，茶酒值多赊欠，递一名片，背面记酒一斤若干钱，茶一壶若干钱云云，号为支票，偿还时取回。居圆通寺庙房产，妻、子皆病瘵，逋租积岁，环堵萧然。故友门生闻其绝粮，辄携酒食相过从，老师欣然尽觞，醉吟诗篇，琅然金石声达于户外，听者神往。曾将赵古泥所刻朱文"江南萧氏"、白文"退闇一字蜕公"对章、铜印"退闇"质典，每方得值六元，以救窭乏。后为长子茂硕赎回，恐其岳丈所镌印复散失，深藏不予。

这段话把萧先生写得飘飘欲仙，像五柳先生了，我自己也觉得不真实。

萧先生父、祖三世皆行医为业，自己早年又在无锡从名医张聿青受脉诀，懂医术。晚年学辟谷，以求轻身长生。辟谷，首先要不食五谷，还要兼服一些药，并作导引。萧先生常便漏，不吃粮食，污秽可少些，还有一个重要原因，常常有一顿无一顿，不如索性辟谷，但是挨饿太难受了，体力也没有。有学生、朋友送鱼肉来看他，他总是大吃一顿，解嘲说是服药。

萧先生有子二人，长子名玫，字茂硕，亦工书，兼治印。娶常熟著名篆刻家赵古泥女儿赵林，后离婚。茂硕精神有些不正常，又患肺病，没有工作，萧先生偶有润笔，常被他取去用掉。父亲去世后，穷困没有任何依靠，不久也死了。次子因不与父母生活在一起，不知其名字。

最后我要写一段史实，这是回忆、介绍或研究萧退庵的文章中都没有涉及的。

一九九七年一月，我才五十岁，破格被郑斯林省长聘为江苏省文史研究馆馆员。文史馆聘馆员是终身的，年龄须在六十岁以上，故我在十多年间一直是最年轻的一位，也以此为荣。王能父先生得知我被聘为馆员，就讲起萧先生也曾被聘为省文史馆馆员。这十多年间，省文史馆出版了纪念册、书画集、论文集等多种，但在历年受聘馆员名录和书画作品中均没有萧先生，为此我询问过文史馆有关人员，说萧退庵聘而未就。最近我请人查了省文史馆档案，并结合有关材料，对此事作一简要披露。

二十世纪五十年代初，由毛泽东主席关心，明确在周恩来总理领导下，责成有关负责人筹办中央文史馆。毛泽东推荐符定一先生出任第一位馆长。符定一，字宇澄，湖南湘潭人，是毛泽东在湖南省公立高等中学时的老师，语言文字学家。毛泽东对这位老师非常敬重。符定一、毛泽东二人在讨论聘馆员对象时，符定一认为要考虑到"文、老、贫"，毛泽东笑着说："还有德、才、望。"当时北京客居了一大批名望高、年纪大的文化人士，他们在政治上彷徨，生活上无着，有的甚至到了乞讨的地步，迫切盼望政府予以救济，也希望能为社会做一些事。符定一曾写信给毛主席，如实反映了这些情况，并催请早日成立文史研究馆。毛泽东对信做了批示："请齐燕铭同志办。生计太困难者，先行接济，不使挨饿。"一九五一年七月二十九日，中央人民政府政务院文史研究馆正式挂牌。一年多过后，各地方省、自治区、直辖市仿照中央馆的模式也相继成立了文史研究馆。文史研究馆是敬老崇文的机构。馆员有一定的政治

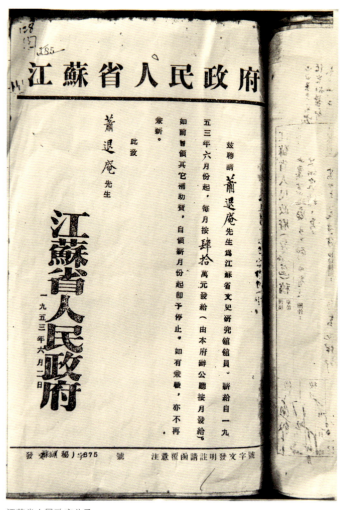

江苏省人民政府公函

地位，生活上政府发给津贴，享受终身，可以做一些适合自己专长的工作。

　　江苏省文史研究馆在一九五三年上半年曾对各地推荐的一

些贫困的老文化人做了调查，一份人员简表上对萧退庵各栏情况填写如下：

年龄：七十八。

籍贯：苏州。

性别：男。

履历：曾在常熟担任过教师，擅长书法。

目前情况：共三人，靠卖字度日。

我们意见：服务教育界多年，在文学上有威望，经调查符合条件。

通讯处：苏州阔家头巷底。

拟发薪金：四十（万元）。

不久，省政府就发出聘请通知书，文曰：

兹聘请萧退庵先生为江苏省文史研究馆馆员。薪给自一九五三年六月份起，每月按肆拾万元发给（由本府办公厅按月发给）。如前曾领其他补助费，自领薪月份起即停止。如有兼职，亦不再兼薪。

此致

萧退庵先生

江苏省人民政府

一九五三年二月

苏办（秘）字八七五号，注意复函请注明发文字号。

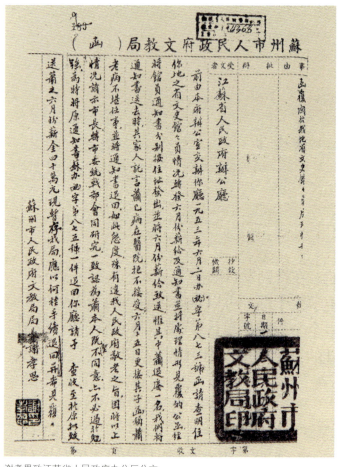

谢孝思致江苏省人民政府办公厅公文

到了六月二十六日，苏州市人民政府文教局即向江苏省人民政府办公厅发去了一封公函。由时任文教局局长的谢孝思先生工楷书写，内容摘录如下：

……经将馆员通知书分别按住址发出，并将六月份薪给致

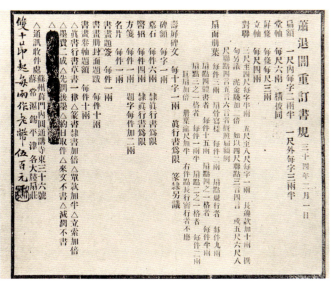

萧退庵润例，一九四五年

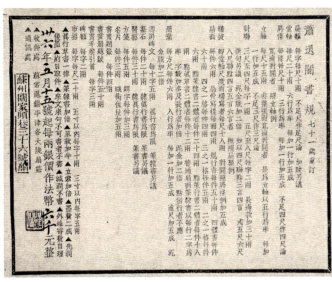

萧退庵润例，一九四七年

送。惟其中萧退庵一名，我们将通知书送去时，其家人托言萧已病在医院，拒不接受。六月十五日更接其子函，称萧老病不甚任事，并将通知书退回。如此态度，殊有违我人民政府敬老之旨。因将以上情况请示市长，转市委统战部会同研究，一致认为萧本人既坚不同意，亦不必过于勉强。为特将原通知书苏办（秘）字第八七五号一件退回你厅，请予查收。至于原拟致送萧之六月份薪金四十万元，现暂存我局，应以何种手续退回，并希见复。

苏州市人民政府文教局局长谢孝思（盖章）

其他同时拿到馆员通知书的林文钧、姚亶素、陈懋烈、陈墨移均应聘，各领到四十万元。老人民币不久按一万比一换成新人民币。老币四十万元虽相当于新币四十元，那时物价低而稳定，每月有四十元供三人生活，即使不卖字也完全可以免受冻馁之苦，房租也可交清。萧先生父子竟拒聘而却金，他是不食周粟，或视此为嗟来之食，还是不愿意参加学习、开会，接受思想改造呢？不敢妄加揣测。但是这一行为，显然被相关领导干部看作是对人民政府有抵触情绪，以后也不再在生活上对他们有更多的关心了。

萧先生晚年生活费用的来源主要还是卖字。在二十世纪五十年代，人们都是低收入，省吃俭用，思想上要求进步，接受改造，争取脱胎换骨，文化艺术方面的消费很少，因此萧先生赖以度日的字卖不出去。我曾听程质清前辈讲，他有次介绍过一个人要萧先生写张扇面，才一元五角钱，萧先生拿到润笔，居然还再三谢他。

在省文史档案里还见到一份一九五五年省一届三次人代会情况反映，移录如下：

钱自严说："知识分子改造，有人主张多组织参观，我却认为应多开会。请年老的知识分子列席旁听，要他们发言是有困难的，因为他们接触新事物很少，旁听给他们益处很大，我记得苏州有一个姓萧的，他的字写得很好，开始要他参加学习，他拒绝了，后来请他旁听，他听了多次，有了收益，现在听说很进步。组织开会旁听对知识分子改造是一个好办法。"

钱自严，字崇威，吴江人，清光绪间进士，入翰林，曾留学德国。江苏省文史馆第二任馆长。萧退庵先生有个弟弟，名盅友，擅分隶，造诣甚深，但中年就谢世了。因此钱自严讲的"苏州有一个姓萧的，字写得很好"，这个"姓萧的"必是指萧退庵。但是通过多次旁听开会，就有收益，会很进步，根据萧先生的晚年状况，以及他的个性，一个八十老人旁听了几次，就被改造过来，我想不会。

沙曼翁先生

沙曼翁先生写字，把笔轻灵，运笔便捷，并不信通身力到之说，常用侧锋取势，善用水墨。其篆书，在继承萧退庵先生结构基础上有所改变。运笔中侧互用，线条粗细提按略有变化，笔势呼应，枯湿相辉，静中有动，平中求奇，迈越清代以来名家。写甲骨，将黍米大小之契文放大数十百倍，不一味模仿刀刻，用笔挺劲，充分表现线条之弹性与韧性而不流滑，并有枯湿浓淡变化而传其神。其汉简书体之创作，更得风气之先，又迥出侪类之上也。

庚寅岁中秋，人德于古蔽山房。

去年十一月份，我在云南采风，有消息传来，沙曼翁先生评上"中国书法兰亭奖终身成就奖"，而且是获得全票。我知道后十分高兴，但是一点不觉意外，申报是苏州市书协派人去整理材料并填的表，这是书协理应为老一辈书法家做的事。上报后能否评上，我头脑里从未有过悬念。至今苏州已获得十个"兰亭奖"，而且理论、创作、教育、编辑出版、终身成就，五个奖项都全了，是个名副其实的五项全能城市！

一九七五年前后我在东台工艺厂工作，王师能父先生和沙老时有通讯，王老比沙老大一岁，他拿出一张二人年轻时的合影，讲起他们二人曾结金兰。沙老有时在信中会附来他的书法篆刻近作，王老也会拿给我看。其时沙老六十岁左右，已退休在家，沙曼翁先生寫字把筆輕靈運筆便捷并不信通身力到之說常用側鋒取勢善用水墨其篆書在繼承蕭退闇先生結構基礎上有所改變運筆中側互用縴條龐細提按有變化筆勢呼應拙温相輝靜中有動平中求奇邁越清代以來名家寫甲骨擘窠太小之契文數大數十百信不一味模仿刀剖用筆挺勁充分表現縴條之韻性興韌性而不流滑并有枯濕濃淡變化而傳其神其漢簡書牘之創作更得風氣之先又迥出儕類之上也 庚寅歲中秋 八徑於古歡山房

华人德《纪念沙曼翁先生文》

人较空闲，正是创作的黄金岁月，纵笔多写汉简书体，还以简牍书入印。由于汉简牍书体在当时还很少有人写，也很少能见到有清晰的原件影印图版，书法家中来楚生较早用这种书体进

沙曼翁《和平潇洒》七言联

行创作，写得极有神采，而沙老的汉简隶书，写得更活泼，用笔不质实，也不拘成式，应在来楚生之上。我看到这些字大为惊异，也许是王老曾在通信时对我有所介绍，并提起我对他书印的倾慕，所以沙老寄给过我几副对联，写的都是汉简体，这几副联，我都一直珍藏着。王老是这么评价沙老的书印的，他说："曼公的印当今可推第一，边款也大气。字我不敢说，当今尚多高手。"

没过一两年，我考上北京大学，离开了东台。到北大不久，学校里教工成立了燕园书画会，少数几位字写得好的学生常被通知去参加他们的活动。北京的书画家时有请来笔会，日本书法代表团也经常来北大交流。我在暑假开学回校时，就将我收藏的沙老、王老的字都带来，活动时就拿去让大家观赏。书画会的

沙曼翁《苦茶印选》

有些老师和职工十分钦佩，有位年轻职工就此喜欢上了汉隶，并加以钻研。当然也有教授看了不置可否。我想一种风格不可能人人都合胃口，各有所爱是正常的。一次，我带了王老、沙老的字去琉璃厂，跑进荣宝斋就直上二楼，店员见我胸前有北京大学的校徽，并不阻拦。我进了一间房间，说要找负责人，一位中年人很客气地接待了我，此人叫米景阳。我说我是江南人，有两位老先生是我的老师，我带来了他们的字，以后能否和他们建立寄售或收购的关系。米景阳将我带去的几副小对联细细看过，说："这两位老先生的字都写得很好，北方找不到这样水平的人。"我说："像这种四尺开三的对联，每副的收

沙曼翁为华人德治印

购价是多少？"他说："荣宝斋主要经营画，要字的客户很少，所以基本上不收购。这样的对联只能出到十五元一副。"我在北大读书，拿最高助学金，每月十九元五毛，这点钱在那时光伙食费和买日用品也够了，但是我觉得出的价也太低了。他看我脸有惊讶之色，就接着讲："是呀！实在太低了点。我告诉你，北京的许麟庐，是齐白石的弟子，我们都老关系了，一幅画的收购价才四、五十元。这样吧，如果两位老先生愿意，先各寄十副这样的对联来，字收到，我即汇钱过去，如销路好，以后再逐步调整。"我将这些原话都写信告诉了王老和沙老，二老都将字寄到了荣宝斋。我觉得自己为二位老先生也做了点事。半年后，我暑假回南方，那时下放知青都已返城。我妻子也提早回到苏州，并有了工作。因此假期在苏州住的时间多，会常去拜访沙老。我问起他与荣宝斋是否有联系，他说：现在润格已是五十元一方尺了。我想，照此润例，自然不会再寄字到荣宝斋去了，也不再多问。八十年代初，《书法》杂志组织了一次群众书法大赛，评选出十位获奖者，沙老也在其中，写的是一副甲骨文集联，两边题了长款。以前有些书家、学者也有写甲骨文的作品，大多是描摹字形，工整有余，灵气不足。沙老的甲骨文墨色略显浓淡，参用枯笔，瘦劲洒脱，遗貌取神，面目一新。这次大赛，是书坛上第一次举办的公共展览，所以大家印象尤为深刻，顿时声名鹊起，求字者盈门，沙老的润格自然也不断上涨。那时真正出钱买字的还是很少，大多是送些礼品。订立润格不过是抵挡过度应酬和滥写的一种办法。我在读书和刚工作的那几年十分贫困，每次去看望沙老几乎都是空手去的，而沙老却常给我字，并刻了好多方印，这些印我至今仍常用。有次我去他家，沙师母说："沙老到姚世英家吃茶去了，看来一时不会回转，你去找他好了，就在言桥下，离这里不远。"我从碧凤坊沙老家出来，很快就到姚宅。大门开着，里面高朋满座，我倒不好意思进去，沙老看见我在门口，就叫我进去，并一一向我介绍。在座的都是苏州名流，张继馨先生正在挥毫作画，沙老要张先生也为我画一幅，我想这样太唐突了，连声说："不能要，不能要。"但是张先生已将一张现成裁好的方纸牵过去，顺手画了几桩水仙，落了个穷款，递给沙老，说："上边的空白就由你去题吧。"沙老将画收了起来。在我再一次去他家时，他已题好，用小楷题了一百多字，将画交给我。

九十年代中期，书画活动十分频繁，对于一位八十岁左右的老人来说应酬多了会感到身心疲惫，沙老的性格好静，因此，许多活动能推则推，但是每个活动都想将名家请到场，当然更希望是能留下名家的墨宝，而且越多越好。一次，有人上门请沙老出场参加一个慰问活动，沙老答应提供一幅作品，但是不在现场挥毫。那位秘书承诺了。到现场后，主方又提出要沙老写幅字送给即将调任的一位领导。沙老不愿意，说："我的字有润格，三千元一方尺。"不料这句话惹出了一番口舌。我想沙老没错，是对方违背了承诺，而沙老是出于个人的尊严，也是出于对艺术的尊重，说出这话的。那时沙老润格每方尺三千元，在书画市场确实算贵了。但是没几年，沙老书法作品的润格以及拍卖会的成交价，就升到一万元一方尺了。古人有言："精金美玉，市有定价。"当前，在一些媒体上常能见到书画家所订的润格，高于这个数的也不少，情况甚复杂，我就不能一一为其言所闻了。但是我可以说，沙老和那些人相比，字的艺术性价比是最高的。史学家王仲荦对上古到宋代的物价资料作了搜集和考辨，写了本《金泥玉屑丛考》，以后若有人写续补之作，或可将上面文章采择，让后人了解改革开放时期一个书法艺术家润格之快速递增。当然不要忘记了物价指数的不断上涨。"君子何必曰利！"这就是我"曰利"的原由。

沙老对人用"青白眼"，说话直率，容易得罪人。我曾听他讲过，他在五七年被打成"右派"，是因为说了两句话，我只记得其中一句了，说的是"现在的油条，越氽越小了"。我想这种不关痛痒的话并不是对某个人讲的，可能以前就得罪了某些领导，以此为由头，扣个帽子，将其赶出上海，到嘉定窑厂做重体力劳动，工资从一百多跌到难以养家糊口。但是吃过苦头，讲话的艺术并没有长进。一九八八年，北京大学、山东大学、南京大学、苏州大学、杭州大学五校书法联展在苏大举办，北大来的一位教授和一位青年职员我都熟识，开幕式过后，他们慕名去拜访沙老，要我作陪。到沙老家，我分别做了介绍，落座后，二位来客将自己带来的字请沙老指教。沙老看后，对教授讲："你的字有点像河南陈天然。"意思是粗黑浑浊，这类大花脸风格的字在北方较盛行，但苏州人不甚喜欢，沙老当然也不喜欢。那位年轻人的字虽嫩些，但气息古雅，沙老看了大为赞赏，于是就只顾和年轻人交谈，还答应要写张字送他。那位教授因沙老将他的字比作像某位当代书家，虽不甚明了其真正含义，但已感到跌了身价，过后又被晾在一边。坐了一会，就起身告辞，回来时一路发脾气，连我也觉得无趣。

老一辈中一些书家，个性有的圆融，有的通达，沙老则岩峣，宁可得罪，不说假话。"峣峣者易缺"，古语总有其道理吧！

沙老的书法，除了草书未见，其他书体，皆造诣精深，各有特出之处，作为后辈，不可妄定甲乙。我只是将一些独到而胜人的地方谈一下自己的看法。沙老写字把笔轻灵，运笔便捷，并不信通身力到之说，也不执着笔笔中锋，常用侧锋取势，并求变化，善用水墨。时人评价其篆书成就最高。小篆最难变化，李斯所书秦刻石婉转匀称，而后许慎撰《说文解字》，点画皆有规范，故两千年来，作篆书者非玉箸即铁线，循规蹈矩，不敢越雷池一步。后世虽有写草篆者，欲破其法，多半为野狐参禅。沙老小篆在继承萧退庵先生篆书结构的基础上有所改变，运笔中侧互用，线条粗细略有提按变化，笔势呼应，枯湿映衬，让人感觉静中有动，平中求奇，迈越清代以来名家。沙老写甲骨文将黍米大小的契文放大数十百倍，不一味模仿刀刻味，用笔挺劲，充分表现线条的弹性和韧性而不流滑，并有枯湿浓淡变化，犹如齐白石画虾，虽与真虾不全形似，而能传其神。沙老写汉简风格的字，我在前面已提到过。汉代简牍是汉代人留下的毛笔书写的原迹，现在汉代简牍影印的出版物很多，也都很清晰，还有将小指宽的竹木简放大，以便临写。二十世纪七十年代汉简的出版物极少，在图书馆可以看到一本中国科学院考古研究出的《居延汉简甲编》，一九五九年由科学出版社出版，那时还根本没有红外线显示仪这样的先进设备来拍摄，只是根据学者劳榦在三十年代保存下来的一部分反转片来制版，字迹较模糊，纸张也粗糙，像雾里看花。我想沙老可能就是参照的这一本书，后来一问沙老，果然是这本书，他是从旧书店里买到的。沙老熟谙篆法，又有深厚的临写汉碑功底，故他对汉简书体的理解犹如轻车熟路，加上他艺术感悟的灵气，使他在汉简书体的创作上得风气之先，又迥出侪类之上。

张充和先生

天保定尔，以莫不兴。如山如阜，如冈如陵。如川之方至，以莫不增。如月之恒，如日之升。如南山之寿，不骞不崩。如松柏之茂，无不尔或承。

充和先生明年九十九岁，寿臻期颐。

庚寅岁初冬，人德书以祝颂。

华人德写给张充和的祝寿文

　　记得在二〇〇二年秋天，老友白谦慎从美国打电话来，讲起要为张充和先生办书画个展。起源是一些朋友后辈在一起背着她商议，张先生九十岁生日时，要为她办个小型的展览，每人当场各捐了一百美元，多出不要。展览地点是北京和苏州。北京是张先生读大学的地方，苏州是她少年时代度过的地方。展览在二〇〇三年春夏之交举行，正好是九十周岁。北京方面由唐吟方负责，苏州方面由我负责。策划人有四位，是白谦慎（波士顿大学）、王如骏（耶鲁大学）、唐吟方（《收藏家》杂志）以及我（苏州大学）。白谦慎怕我不高兴，解释说："我们按参与先后来排名的，你名气大，放在最后，对其他三位也有衬托，想来你不会不同意。"我说："我哪来意见？这样蛮好。就是几千元，怎么办展览？现在办展览，没有几万、几十万办不起来！"白谦慎每年都回大陆来，国内的规矩和行情他都知道，他说："几千元够了，印两千份小的拉页展览说明，兼当请柬，不请客吃饭，不给出场费，作品也只选二三十件，借个小展厅，能免费最好，请的人想来则来，大家凑个热闹而已，张充和见过的世面可大了，她不会计较排场的。"在国外，不问尊卑长幼，当面也是直呼名字的，既然按国外的规矩办，也好，就这么搞定了。我也提前落实将展览安排在苏州市图书馆举办。

　　翌年春天，离预定展出日期越来越近了。我也没有办个展的经验，自己虽快六十了，怕操心，从未想过要给自己办个展，帮别人办，更怕出纰漏。不料，四月初，白谦慎又来电话，说："最近大陆在流行一种可怕的传染病，美国叫SARS，已有很多人得这病不治身亡了。我们不来了，展览只能推迟或取消。"

这话就像天青日白说下大雨了，谁信！国内平静得很。我说："我在这里怎么就一点不知道，我好不容易把展览地点落实了，就在市中心，轻易无故推迟和取消都要失信于人。以后再联系就难了。"但是静下心来，似乎听到天边已有殷殷的轻雷声。报上没有任何消息说有瘟疫流行，只是不久前，南方有些省份，人们在抢购食醋和板蓝根冲剂等，报纸上要大家不要轻信谣言。三月下旬，我曾为我参与撰写的《中国书法史》七卷本，到北京去出席一个首发式新闻发布会。会上，一位朋友对我讲，这些天，北京在流行一种怪病，传染很快，人多的地方尽量不要去。我住的地方靠近什刹海，还是到前后海走了一遭，银锭桥畔十分热闹，一些即将开张的茶楼、咖啡厅都在赶着装修，一派升平景象。但是暴风雨说来就来了。就在白谦慎来了电话两三天后，中央电视台现场播放记者招待会，卫生部部长张文康答记者问时，还在闪烁其词，进行掩饰。但是紧接着上面就有文件下达，说明疫情的严重性，并采取各种措施，对感染者和疑似者进行隔离，停止各类会议和活动等等，全国一下子都休克了。这时倒像是在家中望着窗外，雷电交加，大雨倾盆，我有约不赴，就自成理由了。这场疫情，国内叫"非典型性肺炎"，简称"非典"，拖了半年多。转眼又进入到二〇〇四年，张先生也从实足九十岁，成为实足九十一岁，展览自然也不能再以九十岁名义办了。

在苏州展览的地点换了，是张充和先生的亲属联系的，在戏曲博物馆。馆长对张先生的展览筹办十分热心。我有时也走过中张家巷，那时平江路还没有改造为旅游景区，戏曲博物馆

> 烦为装裱
>
> 卅夏（山水一幅）
>
> 古色今香　　　裱直挂帽
>
> 柏树　　　　　裱横挂帽
>
> 以下五件板纸托一托
> 　　　　及於镜框用
>
> 松
>
> 梅
>
> 梅（洒绵画）
>
> 风景
>
> 凤凰好（胡）

张充和致华人德书信。二〇〇二年

苏州
苏州大学
图书馆
张充和

华人德先生

人德先生惠鉴

谦愧我校以拙作在京苏闭一
小之展览以资观友，但近十数年
来每新作或归旧作新添应命
为之未及让意差意口奉上乞欤
正苏某张至国全价，□亡之晚

撰手

张充和上 □月九日
二十□□三年

附册另日录以便察收

在深巷内，总有清幽冷落之感，我担心看展览的人不会多，但是里面庭院很大。张家四姊妹都以昆曲擅长，戏曲界朋友和爱好者也很多，本来这次展览，张先生的目的就是"藉以会亲友"。展览开幕前一天，我去现场看了一遍。展览是我的两位学生去布置的，我不过动动嘴，稍作调整而已，一切都就绪了。展览也确实简单之极，大门内摆放了一些祝贺的花篮，展室在门厅西侧厢房，共两间，作品不多，幅式也不大。挂轴都在墙上，册页和手卷则放在展柜中，作品以小楷为主，简劲淡雅，气韵直追晋唐。有一件临孙过庭《书谱》整卷，我曾见过两卷，卷末分别题有第九十九通和第一百通，均为我的一位美国学生薄英和老友白谦慎各自取去珍藏。尚有扇面和昆曲谱子册页，即工尺谱，在唱词旁注上斜着写的音符。张先生的工尺谱全为亲手抄写，板眼符号用红色标上，十分别致。行草书与沈尹默先

张充和书画展开幕式。二〇〇四年

沧浪书社部分社员与张充和游览太湖。二〇〇四年

生近似，婉转流畅。画亦小幅，着笔不多，纤尘不染。最引人注目的是一幅《仕女图》，也是她平生所作唯一的一件人物画，仕女手抱琵琶，双目微合，凝神静思。诗塘是为郑泉白书写的《玉茗堂·拾画》三阕，书画均作于一九四四年，画之周围有沈尹默、章士钊、汪东、乔大壮、姚鹓雏、潘伯鹰等人题跋。一九九九年，我到美国普林斯顿大学参加一个学术会议，会后与白谦慎去波士顿，经耶鲁大学拜访了张先生，她客厅里就挂着这幅画，她指着画讲："这幅画是偶然画成，既失而复得，说来话长了。"我也没有细问。我在两位学生的陪同下，细细看了这展览，就像在书斋里与二三子展卷玩赏，从容而闲适。

第二天上午，展览开幕，我提前一个多小时到戏曲博物馆，门口熙熙攘攘，展室里也挤满了人，我一一和熟人朋友打招呼，穿过大院走到大厅，见张先生坐着，四周围满了人，纷纷上前

张充和、华人德。二〇〇四年

照相。我看到张先生旁边有亲属小辈在照应，也就打个招呼离开了。看到庭院复廊上有两位上海朋友，就一起到楼上坐下喝茶了。到十点左右，话筒里报名字，要嘉宾到大厅前石台上去，听到报我名字就赶紧下楼来。开幕式轮流讲话差不多有半个小时，中秋的太阳尚有余威，

将庭院中台上台下的人都晒得直冒汗。我端张椅子想让张先生坐着，她不要。旁边朋友和我轻声讲，刚才她还在大厅里吹笛子，足足有二十分钟。我一听大为惊讶，一个九十多岁的老太太，竟有那么好的中气，同时也后悔走开没听到。

中午时分，我看到老太太被许多人前簇后拥，就和几个朋友一起吃饭去了。白谦慎和我讲，张充和十分羡慕几年前沧浪书社在太湖边开"兰亭会议"并泛舟太湖。我说这事好办，我们让老太太在家休息一天，然后以沧浪书社名义邀请游湖，由社员张少怡安排。

那天，在苏州的沧浪书社社员基本都到了，老太太也带了

三位外地来的亲戚，年纪也都八九十了。游船是艘机动的画舫，行到湖中，感觉有点风浪，张先生在舱里嫌看景色有遮挡，要到船顶上去，我们怕有闪失，劝她不要去，她说："无妨，我小时候最爱爬树，不用担心。"执意要上去。两位年轻人先上，扶梯很狭小，老太太很轻松地就上去了，她的三位亲戚也颤巍巍地跟了上去。过了一会，我不见他们下来，也就爬上船顶。只见张先生手凭栏杆，在看湖景，身后两位老太太一个拉着一个衣角，生怕意外。我想几位老人久别后看着家乡的湖山，一定是非常留恋的。

中午在木渎吃饭，饭店在我住的小区对面。菜是大众的，张先生胃口很好，吃到鹅血汤，添了两次。在国外，吃肥鹅肝很普遍，鹅血汤可吃不到。点心印度飞饼，张先生也很喜欢。吃完饭下楼，在店堂里看到在现做飞饼，厨师戴着白色的高帽，面饼在头顶上飞舞，越甩越薄，张先生觉得有趣，站在旁边问，这是做什么？我告诉她说，这就是吃饭时上的点心，叫印度飞饼。她看完，请厨师从头开始做一个，直到这个做好，才离开。到我家，在花园绕着鱼池走了两圈，又到吊椅上荡起秋千来。我沏好茶，请他们到客厅休息一会，这些老人可能有午休习惯，就婉辞回城了。

两年后，白谦慎又来电话告诉我，西雅图博物馆也为张充和举办了书画展览。比尔·盖茨用私人专机将张先生从美国东部接到西雅图，开幕式时到场有二百余人。当天，比尔·盖茨设家宴招待张先生，白谦慎也出席了。又过了三年，二〇〇九年三月二十三日，苏州作为中国书法家协会第一个命名的中国书法名城，在中国美术馆举办"吴门书道"展览，展出书法作品一百八十件，作品有特邀作者、参展作者，还有已故作者，分别以年岁为序。步入展厅，右手第一幅，即是张充和小楷。这幅作品，在《吴门书道——中国书法名城苏州书法作品集》中也是列于首页。同年四月十三日至五月二十九日，耶鲁大学为庆祝张先生九十六岁生日（西方都是以足岁记的），同时也为表彰她对耶鲁所做的贡献，而隆重举办了"张充和题字选集书法展览"。白谦慎编的《张充和诗书画选》由生活·读书·新知三联书店出版，印刷十分精致，扉页有余英时题签，并作长序。书中除收书画作品之外，还有多篇诗文，附录中有文两篇，其一为《从洗砚说起——纪念沈尹默师》，其二为《〈仕女图〉始末》。那幅十余年前就在她家客厅中看到的《仕女图》，我当时未聆听有关这幅画的故事。我现在捧着书细细读着其"始末"，委婉而动人。感叹此画未成劫灰，当有神物呵护。

明年张充和先生九十九岁，寿臻期颐。先生祖籍安徽合肥，生于上海，少年时生活在苏州九如巷。今以《诗·小雅·天保》祝颂："天保定尔，以莫不兴。如山如阜，如冈如陵。如川之方至，以莫不增。如月之恒，如日之升。如南山之寿，不骞不崩。如松柏之茂，无不尔或承。"

王路宾校长

在北大读书的四年里，接触和受过教诲的师长不少，有几位我十分敬仰，王路宾校长是其中一位，他的音容笑貌至今还时常想起。

我进校一年后，就发现校领导中有一位生有异相的长者，他头很大，方脸巨口，右眼有点偏斜，讲话带着浓重的山东口音。他是从曲阜师院调来的一位老干部，任北大的党委副书记兼常务副校长。

一次，我去学校浴室洗澡，那时学生澡堂很简陋，里面一个大池子，雾气腾腾，淋浴龙头很少，总有许多人聚在下面轮流冲洗。那时洗个澡只收五分钱，一到冬天，人就更挤，要排队买票，分批进去，有时要站在风口里个把小时方能洗到澡。学生为此意见很大，但是学校迟迟没有改善。当我走进澡堂，只见池子里挤满了人，我在边上插了个空档，坐下来泡澡。突然发现王校长就坐在旁边，我说："王校长，你怎么也到这儿来洗澡？"他说："怎么啦，你们能洗，我就不能洗？"我说："学校应该造个新浴室了，主要排队吃不消，太浪费时间了。""学校也知道条件太差，曾提过多次，要改善的地方太多，学校也有难处啊！"又有一次，我去洗澡，看到王校长也在排队，我就走上去扶着他的手，叫他不要排队了，让他到前面直接进去，他不肯，我想，多说也没用，就边排队边陪着他说说话。过后，我就和学生会主席潘维明讲起此事，他也知道王校长每次排队在学生澡堂洗澡的事。他说："你想，一个六十几岁的七级干部，当了学校二把手，还要光着身和学生在一个池子里挤着洗澡。后勤部门可以在留学生大楼里开个房间，让这些上了年纪的老干部、老领导轮流去洗呀！""文化大革命"刚过，百废待兴。学校的大饭厅，兼作会堂，但里面没有一张桌椅，空空荡荡，每逢开大会、演出放电影，学生都要从宿舍里自搬凳子去。平时用餐，不是买了拿回宿舍吃，就是站着或蹲着在大饭厅吃。像人民大学，学生连吃饭的地方都没有，在露天吃。北大的条件已经算不错了，但是也捉襟见肘。王校长坚持和学生同甘苦，学生的怨言也就少了。

一九八○年秋天，潘维明要我发起成立书法社，他说："现在'五四'文学社成立了，美术社也成立了。老华，你一定要牵个头，我看喜欢书法的同学很多，字写得好的也不少。"我说："你要保证我有点经费，可买些纸墨就行。""那你要多少啊？"我说："只要每学期有三十元就够了。"他说："好！包在我身上。"过了个把多月，我就找潘维明讲，组织得差不多了，想定在十二月二十一号冬至夜成立。他问地方定了没有，请了哪些人。我做事一向因陋就简，不讲排场，就说："找个空教室就行，我们将聘请燕园书画会的正副会长李志敏和陈玉龙老师当顾问，还有几位熟悉的年轻教师都会来。"他说："你太草率了，一个有六七十人的社团是个大社团，要有个像样的地方开成立会，还要请上校领导。说不定以后这会成为书坛的一桩大事呢！"我说："我哪有这能耐，算了，校领导也不一定请得动。"他说："我看可以在办公楼贵宾室开成立会。王

华人德在北京大学书法社成立大会上介绍筹备过程，前排左一为学生会主席潘维明，左二为副书记兼副校长王路宾。一九八一年十二月二十一日

路宾校长你不是和他也认识吗？请他来！这些事我来帮你办，我当然也一定来！"过了一两天，潘维明告诉我，地方已定好了，王校长也答应来。我一听大喜过望。不料成立会前一天就开始下大雪，到第二天下午才停止，雪深没胫。吃过晚饭，我就到西大门贝公楼。这座楼原是燕京大学的主建筑，是以对燕大有突出贡献的美国传教士贝施福的名字来命名的，由于这楼又是学校领导办公所在地，就有意无意讹称办公楼了。进了贵宾室，看到书法社的同学已到齐了，所邀请的老师也陆续到来，就缺王校长没到。打电话到他家，家人说他前两天患了重感冒，喉咙全哑了，叫他晚上不要出门，但他执意要去参加一个什么会，已走了刻把钟了。我向大家招呼了一下，赶紧走到门外，去路口接应。天早已黑了，但在白雪的映照下，见远处有个人影踽踽而来，我急忙向前迎接，正是王校长，戴着帽子，裹着一条长围巾。我上前扶着他，慢慢来到会场。在场的师生见到

王校长到来，都起身向他鼓掌致意。他拱拱手，又指指自己的喉咙，表示失声不能开口祝贺，师生均大为感动。

书法社成立后，一直得到王校长的关心。第二年春天，"全国大学生书法展览"在中国美术馆开幕，开幕前一天是预展，通知获奖作者去参观。我遇到王校长，告诉他曹宝麟、白谦慎获得一等奖，我和张辛三等奖，北大是全国大学获奖最多的一所学校，问他愿不愿意带我们一起去看展览。他说正好有空，约我坐他的车一起去，学校还派了一辆大车让其他一些老师和同学去看。一进展厅，遇到一位领导，王校长和他点了点头就走开，和我们一起看展览了，还和我们合了几张影。回来时，我仍坐他的车。我问他："您和那位领导怎么没讲话？""他貌似君子。我在济南当书记时，他要我定机关百分之二十五的人为右派。我说右派要有言行，哪能下指标呢？他就说我包庇右派，也把我打成右派。"我说："您有他的字吗？""我可不收藏名书法家的字！我会收藏你们名学生的字。"

大学四年级，我把主要精力都放在建蔡元培、李大钊铜像上了。这是七七、七八两级全体同学毕业前捐建留存给母校的纪念物。校领导大多支持这件事，王校长当然也支持。学生会推选出来的建像委员会由八九位同学组成，学生会正、副主席任正、副主任，我是其中成员。有两个下雪天我们和中央美院雕塑系的几位教授在校园里选看铜像地址，选定后又陪校领导察看选址的环境。这些事潘维明和我都参与了。蔡元培先生的铜像在未名湖西南，钟亭的小山下，那里有五条小路交汇，铜像将面朝东南，迎着朝阳。像址一侧有棵数十年树龄的雪松，

蔡元培铜像落成典礼后，王路宾副校长、马石江副书记等校领导和建像委员会成员合影。一九八二年十月

蔡元培、李大钊铜像落成典礼结束后，校领导和建像委员会的学生亲切交谈，前排左一为王路宾副校长，右二为华人德。一九八二年十月

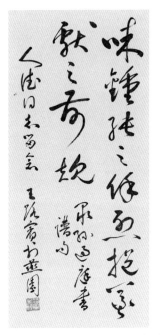
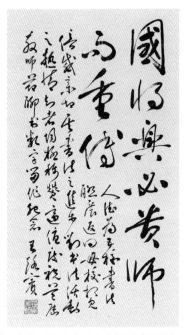

北京大学举办五校联展（杭州大学、苏州大学、南京大学、山东大学、北京大学），
王路宾副校长写给华人德的书法作品。一九八五年

亭亭而立。当时我说：最好在铜像另一侧再移棵雪松来，就对
称而显得肃穆了。不料王校长说："哎——要对称干什么，这
样不是很自然吗？以后在四周种些小花就好。"以后这里就一
直保持这样的状况，自然又亲切，成了师生和校友最愿意去瞻
仰的地方。王校长又提出：建像的事虽然是由七七、七八两届
同学捐款，以后留给母校的，筹建工作都由同学代表在做，得
到了像中央美院、首都钢铁公司等单位大力的支持，学校应该
出面表示感谢，这是礼节。于是由潘维明和我陪同王校长到中
央美院向江丰书记当面表示了谢意，又去看望了两尊铜像的作

者曾竹韶和傅天仇教授。

在我临毕业离校时，王校长约我去他家，我就叫了白谦慎陪我一起去。我事先写了一副四尺对开的对联"青松寒不落，威凤高其翔"，这是前人成句，我觉得是王校长品格的写照，很切合。到王校长家，他已开好一个大西瓜在等我们了。我讲了自己将到南京大学去工作，又讲白谦慎考了研究生，留在学校读书。他勉励我们一番，知道我想在离家近一些的地方工作，女儿也已上学了，他说："家庭也很重要，与事业应该兼顾。"我把对联呈上，他高兴地收下了。他说他很久没有拿毛笔了，昨天也想为我们各写一幅字作个留念，写到很晚，自己看看也不满意，觉得拿不出，等以后练好了再说。我们连忙说："不急，不急。"告辞后，我想，以后和王校长见面的机会可能很少了。想不到仅隔了三个月，北大发请柬来通知我返校参加铜像落成典礼，与王校长又见面了。一九八五年秋，由北京大学发起与杭州大学、苏州大学、南京大学、山东大学联合举办的五校书法联展到最后一站在北大展出，我作为苏大的教师代表又回到母校。开幕式结束，来宾参加笔会，王校长写了两张字，上款都落了我的名字。一幅录孙过庭《书谱》句"味钟、张之余烈，挹羲、献之前规"，落款为"人德同志留念，王路宾于燕园"。另一幅为"国将兴，必贵师而重傅"，并跋小字"人德为五校书法联展返回母校，相见倍感亲切，其书法之进步，对书法活动之热情，知者均极称赞。适值庆祝首届教师节，书数字留作纪念，王路宾"。所书虽是行草，甚是认真，殷殷之意跃于纸上。翌年冬，有人送来一个大信封，是王校长辗转托人捎来的。

我拆开一看是一张书法作品，内容是苏东坡词句："乱石崩云，惊涛拍岸，卷起千堆雪。江山如画，一时多少豪杰。"落款是"丙寅年秋月，人德弟正之，王路宾年七十有四于燕园"。写的亦是行草，但行笔更为沉着刚健。我想去年秋，王校长已为我写了两幅作品留念，今年怎么又写作品给我呢？他一定认为去年写的是笔会上即兴之作，而四年前在我毕业离校时，说要练练字再为我写作品，这一小小的承诺，他竟一直放在心上！

更令我难忘的是，大约在一九九一年夏天，王校长已年近八旬，刚离休不久，我们又在苏州见面了。当时我在苏大图书馆古籍部，接到校办的电话，说北大的王路宾校长在苏州，他想来看你，电话打到学校，他还留了东吴饭店的房间号。我很惊讶，一下班，回到家里洗了个澡，换了身衣服，和妻子一起骑自行车到东吴饭店。在门厅，王校长和我们见面，他样子没变，只稍显苍老。他说："这次是带队和学校的一些离休干部到海南视察，回京时，顺道到杭州、苏州看看。一到苏州，打了个电话给苏大校办，询问能否联系到你，想见个面，居然联系到了，很高兴。"我简单讲了我的近况，我说我夫妇俩想请您吃个饭，他连忙说："不用，不用。我们都是集体行动，我是领队，单独一个也不好，能见到你们就很高兴。明天上午苏州市领导安排我们到两个地方看看，中午在会议中心要招待我们吃个饭，下午就坐火车回北京了。"我们担心他年事已高，路途辛苦，不敢久坐，就告辞了。回家路上，我一直在想，与尊长见面十分不易，他来到苏州，我应该多陪同一些时间。翌日上午，我请了个假，十点多钟就坐在东吴饭店门厅恭候。不一会，他们团队就回来了，稍作梳洗，就集中上车去会议中心。王校长问我，会议中心离东吴饭店有多远，我说不很远，约三、四里路。他就和随团的年轻干事讲："我由小华陪我散步走去，你负责陪大家乘车去。"于是我推着自行车，两人沿着吴衙场小路向西，边走边谈，路过苏州织造署，青石弄叶圣陶故居，包括河对岸的蒋纬国、林彪住过的南园宾馆，网师园，李士群的天香小筑等，一路指点介绍，王校长也往往停步凝望。我记得他说过："苏州的小街巷安静整洁，杭州不一样，前天傍晚我们坐'天堂号'轮船沿运河到苏州，在卖鱼桥轮船码头上船，人声嘈杂，河里漂满泡沫塑料和西瓜皮。"我说："西湖边还是很漂亮的。"他说："人太多。"不知不觉就到了会议中心广场，干事在那边等候。他说："车也刚到，车上人都已进去了，你们走得很快呀！""王校长步履轻健，走得快，他要近八十了，身体真好！""他呀，要活过三位数。"干事对我伸出三个手指，以示他确信。王校长听了我们交谈，哈哈一笑。我和他道别，并祝他健康长寿，目送他们进去，然后骑车回校。

一九九八年五月四日北大百年校庆，我也返母校参加庆典。校园里的人摩肩接踵，我想去看望王校长的人一定很多，不便去打扰他。竟就此失去了再与他见面的机会！

王校长是二〇〇三年十一月七日去世的，享年九十一。如今，王校长早已是三位数的年岁了。我时常会想起他，想起他在澡堂前排队，想起他寒夜踏雪而来，想起他站在未名湖畔松树下，想起他重浊的山东口音和轻健的步履……我想，还有许许多多多北大师生会经常叨念着他。

北京大学书法研究社

　　蔡元培先生是一九一七年一月四日到北京大学执行校长职务的。北大初办时名京师大学堂，所收学生都是京官，官僚习气很深，学生对于学术并没有多少兴趣，经常在校外吃喝玩乐。蔡先生执掌北大前，北大十分腐败，故甫到任，就着手予以整顿，并作正确引导。他在《我在教育界的经验》一文中回忆道："我于第一次对学生演说时，即揭破'大学生当以研究学术为天职，不当以大学为升官发财之阶梯'云云。于是，广延积学与热心的教员，认真教授，以提起学生研究学问的兴趣。并提倡进德会……以挽奔竞及游荡的旧习；助成体育会、音乐会、画法研究会、书法研究会（社），以供正当的消遣；助成消费公社、学生银行、校役夜班、平民学校、平民讲演团与《新潮》等杂志，以发扬学生自动的精神，养成服务社会的能力。"[1]以美育代宗教是蔡元培先生教育思想的重要部分，美育的范围"包括一切音乐、文学、戏院、电影、公园、小小园林的布置、繁华的都市、幽静的乡村等等，此外如个人的举动、社会的组织、学术团体、山水的利用，以及其他种种的社会现状，都是美化"[2]。在蔡元培先生革新北大的决心和教育思想的贯彻下，请了著名画家陈师曾等到北大作美术演讲和举办名画展览，并亲自发起成立进德会（一九一二年即在上海成立，蔡元培先生

---

[1] 转引自高平叔编著《蔡元培年谱》，中华书局，一九八〇年二月版，第三七页。
[2] 《蔡元培美学文选·美育代宗教》，北京大学出版社，一九八三年四月版，第一六〇页。

在一九一八年一月又于北京大学发起成立）和北京大学画法研究会（于一九一八年二月成立），他自己还是进德会乙种会员。即须做到"不嫖、不赌、不娶妾、不做官吏、不做议员"。在一九一七年冬至一九一八年春先后恢复活动和成立的社团有十余个（恢复活动者如北大音乐会，成立于一九一六年秋）。这些社团大多为蔡元培校长助成。

北京大学书法研究社在一九一七年初冬，由学生杨湜生、罗常培、俞士镇、刘之埔、薛祥绥、马志恒、祁仲鸿、董成等人发起并草拟了简章。于十二月二十一日开了成立大会，公推薛祥绥、杨湜生为执事，并由学校聘请马叔平（衡）、沈尹默、刘季平（三）三位先生为导师。该社简章如下：

定名　书法研究社。

宗旨　以昌明书法、陶养性情为宗旨。

地址　暂假文科第一教室为会所。

社员　凡属本校本、预各科学生，均得为本社社员。

职员　本社公推执事二人，经理社中事务。

教员　本社敦请教师数人，指点途径，评骘成绩。

碑帖　学校备储各种碑帖于图书馆，俾众观览。其日常临习者，应由社员自备。

社员职务　各社员于每星期内必须任写各体书数页，交执事转呈教员评定。

成绩　凡社员中书法较优者，得由教员随时选订成绩。

三位导师中沈尹默三十五岁，任文科预科教授，并在国文教授会第一次开会时，以得票最多而当选为主任。马衡当时三十七岁，为北京大学研究所国学门考古研究室主任。刘三二十八岁，亦是国文教授。都是年富力强、思想活跃的新派人物。蔡元培先生刚到北大时，沈尹默、马衡等都是热情支持他改革的年轻教授，关系也不同一般。沈尹默先生讲，蔡先生"到北大初期受我们包围（"我们"包括马幼渔、叔平兄弟，周树人、作人兄弟，沈尹默、兼士兄弟，钱玄同，刘半农等，亦即鲁迅先生作品中引所谓正人君子口中的某籍某系）"[3]。书法研究社成立时，即由学校聘请马、沈、刘三位先生作导师，蔡元培校长助成了此事。导师的职责是为社员"指点途径、评骘成绩"，即社员每星期六、日必须任写各体书数页，交书社执事（负责人）转呈导师评定，社员中书法较优者由导师随时选订成绩，导师还经常为社员作讲演示范，开列临习和研究的碑帖目录等，这些课余指导都是义务进行的。蔡元培校长还允拨新修大楼内一间房间作为书法社社址，并委托马衡为书法社购置了许多碑帖；书法社还请蔡校长要求北洋政府内务部拓赠得《三希堂法帖》一部，贮存社中。蔡校长另出函嘱陕西教育厅拓西安碑林所有碑刻全套，后以费用过高，又值天寒墨冻且易损碑石而未能办到，但是陕西教育厅厅长郭希仁择要捐赠了碑林自秦至唐碑帖拓本二十七份，计七十四张。北大教员也纷纷给书法社捐赠碑帖拓片，蒋维乔捐了三十余种，马衡捐了十六

[3] 沈尹默《我和北大》，载《文史资料选辑》第六十一辑，中国人民政治协商会议全国委员会文史资料研究委员会编，中华书局，一九七九年四月版，第二三〇页。

种、吴宗焘、徐森玉、邹树椿等也都有捐赠，学生中捐赠者有李树华、杨湜生、张价庥等。一时书法研究社碑帖收藏甚富，图书馆主任李大钊特为书法社在图书馆内腾出一间小屋，以作为藏碑帖的场所。这些碑帖皆编号保存，并陆续全部装裱，以便观览。导师马衡开列碑版名目百数十种，沈尹默、钱玄同则开列草书碑帖名目，于《北京大学日刊》上连载，均按时间先后排列，极有系统，以便爱好者学习研究。

导师若作讲演，其内容、时间、地点都事先在《北京大学日刊》上登出，社员或其他有兴趣者均可自由参加。书法研究社第一次讲演会是在一九一八年二月二十五日晚上七时举行的，寒假刚开学，书法社首次活动，到会者有百余人。原约请三位导师都要到会的，沈尹默先生因故未来，而托人将他抄录的《书法拾遗》油印本发给到会社员公阅。马衡、刘三两位先生分别做了讲演，刘三讲的是"篆隶之沿革"，马衡讲的是"隶书之源流及变迁"。执事杨湜生、薛祥绥分别向社员报告了社务情况，到九时多才散会。第二次讲演会则于三月二十五日晚七时在文科第一教室举行，由沈尹默先生讲演用笔方法，事先关照听众携带上次所发《书法拾遗》，以便参阅。第三次讲演会是刘三先生主讲。

书法研究社自成立以来，活动组织甚好，吸引了许多学生前来报名，至一九一八年三月，参加者已达一百几十人，为了便于活动，不得不暂时截止报名。后来因社址没着落，活动停止了半年多。在十二月份，觅得文科大楼第一层十三号房间为社址。于十三日晚，召开了社员大会。会上修订了简章：

社员不再以本预科学生为限，教职员也可参加；

公推执事四人经理社务，任期一年；

社员每月交两次所临习的各体书，由执事转呈导师评定；

社员每学期须交社费大洋二角。

选举结果，以廖书仓、刘翰章、杨湜生、薛祥绥得票最多，当选为执事。执事轮流每日在社址办公两小时（下午一时至三时），办公时间，社员可随意去阅览碑帖。

一九一九年一月二十一日晚七时，在文科事务室开第一次座谈会，请沈尹默、马衡、刘三三位导师莅会，马衡因事未出席，社员到会者有三十五人。"沈先生演讲书法大要，社员请益问难者甚多，至九（点）钟始行闭会。又请刘、沈两先生到社中休息，随意观览社员所习书法。沈、刘两先生回寓时，时已十（点）钟矣。"[4]书法研究社的活动多种多样，有的社员将家中所藏名家手迹带来互相观摩，还和政府内务部联系，组织全体社员参观古物陈列所。

到三月份，书法社考虑到每次开会人数较多，各人所临习的书体不一样，为了便于研究和交流，征得三位导师的同意，拟分成四个组，有篆书组、隶书组、楷书组和行草组。社员每人暂定专习一种书体，四个组轮流开会，从事研究和互相交流。分组大会召开，各组报名情况为：愿意习篆书者六人，习隶书者八人，习楷书者十九人，习行草者三人。还有一些社员一时

---

[4]《北京大学日刊》（第三分册），一九一九年一月二十五日第四版，人民出版社，一九八一年影印。

未定，也有未到会而没有报名的。

五四运动前夕，北大社团活动极为活跃。为了让各社团加强联络，以丰富学校课余生活，并为画法研究会筹集基金，由蔡元培校长牵头筹备组织了学生游艺大会，参与服务者都是各社团负责人或积极分子。游艺大会设立了十八个部，其中有"书画部"，以负责展览古代名画和当今名家书画。书法研究社执事廖书仓、薛祥绥、杨湜生、刘翰章和画法研究会的褚保衡、周德昌为该部负责职员。另有"出售字画部"和"保管字画部"等等。活动在农历正月初二、初三两日下午一时至十时举行，有戏剧、军乐、民乐、昆曲、古琴、钢琴、提琴演奏。北京各大收藏家收藏的宋元以来名画展览共展出两百余件精品，还有陈列当时名人杰作及北大书法社和画法会成员的习作展览。其他另有猜谜、幻术、辩论演说、技击及一些科学游艺活动，中奖者可领到彩品。游艺大会也向校外人士开放，购券入场，来宾每日有千余人，秩序良好。款项集得约一千元，成绩颇佳。

书法研究社还走出校门，服务于社会。如原定于五月十五、十六日两天配合万国禁烟会在中央公园（今中山公园）开会，拟书写各种格言标语，在开会那天张挂宣传，事先发出通知，让各社员搜集或自拟合适的格言，在五月一日下午到社中书写，纸张笔墨由书法社准备，也可取回宿舍书写。后因五四运动爆发，各校学生到天安门前游行，并痛打卖国贼，火烧赵家楼，遭到北洋政府镇压，万国禁烟会活动未能开展。

五四运动以后，《北大日刊》上就不再有书法研究社活动的通告和纪事了，想必许多学生将情感更投向于关注国事了。

如书法研究社执事廖书仓就是五四运动学生领袖之一。当北大学生从蔡元培校长处听到北洋政府密电出席巴黎和会代表在丧权辱国之山东条款上签字的消息后，群情鼎沸，"于是发出通知，决定五月三日（星期六）晚七时在北河沿北大法科（后来的北大三院）大礼堂召开全体学生大会，并约北京十三个中等以上学校学生代表参加。计有：北京大学全体学生、清华、高等师范、中国大学、朝阳法学院、工业专门学校、农业专门学校、法政专门学校、医药专门学校、商业专门学校、汇文学校（燕大前身）、高师附中、铁路管理学校等校学生代表。到会的人极为踊跃。推定北大法科四年级学生廖书仓为临时主席，推定北大文科学生黄日葵、孟寿椿二人记录，推许德珩起草宣言。发言的有丁肇青、谢绍敏、张国焘、许德珩以及各校学生代表夏秀峰等很多人。大会共议决办法四条：（一）联合各界一致力争；（二）通电巴黎专使，坚持和约上不签字；（三）通电全国各省市于五月七日国耻纪念日举行群众游行示威运动；（四）定于五月四日（星期日）齐集天安门举行学界大示威……"[5] 五月八日蔡元培辞去北大校长职务，并于翌日出走。学校管理一时无序，学生长时间罢课，而后高年级学生毕业，书法研究社无形中解散，其他社团也有存有亡。书法研究社自成立至停止活动前后凡一年半。

北京大学书法研究社是我国近现代书法史上最早的一个高等院校书法社团，以学生为主，比之二十世纪二十年代中期成

---

[5]许德珩《五四运动六十周年》，载《文史资料选辑》第六十一辑，第一九至二〇页。

立的清华学校教职员书法研究会要早好多年，成立后在蔡元培校长支持和帮助下，得到沈尹默等三位导师的热情指导，活动形式多样，有声有色。北京大学在"五四"时期成立的众多社团，形成了学术思想自由、注重美育和素质教育的良好氛围。

北京大学书法研究社在艺术研究和实践上是偏向碑学书派的。二十世纪初期，书学受包世臣、康有为、叶昌炽等碑学派书家影响极大。三位导师中，马衡是金石学家，为书法社开列的碑目都是周、秦、两汉、魏、晋、南北朝、隋、唐碑刻。刘三善隶书、行草，尤以隶书闻名。两位导师所作讲演内容也是篆隶发展历史。而沈尹默自"廿五岁以后，始读包世臣论书著述。依其所说，悬臂把笔"[6]，"自一九一三年到了北京，始一意临学北碑，从《龙门二十品》入手，而《爨宝子》《爨龙颜》《郑文公》《刁遵》《崔敬邕》等，尤其爱写《张猛龙碑》，但着意于画平竖直，遂取《大代华岳庙碑》，刻意临摹……几达三四年之久。嗣后得元魏新出土碑碣，如《元显俊》《元彦》诸志，都所爱临……一直写北碑，到了一九三〇年，才觉得腕下有力"[7]。沈尹默先生在北大执教的日子里，书法所实践的也是碑学路子。从各方给书法研究社捐赠的拓本看，大多都是唐代以前碑刻。所以社员耳濡目染，研究和临习都受碑学书派之影响。从初次分组报名看，行草仅有三人，其他都为篆隶楷书，也可看出一斑。

---

[6]沈尹默《六十余年来学书过程简述》，收入《沈尹默论书丛稿》，生活·读书·新知三联书店，一九八一年七月版，第一五七页。
[7]沈尹默《学书丛话·自习的回忆》，收入《沈尹默论书丛稿》，第一四七至一四八页。

　　关于北京大学书法研究社的一段历史，沈尹默先生在其文章《我和北大》《书法漫谈》《学书丛话》《六十余年来学书过程简述》《论书诗词》中都未提到。戴自中先生撰《沈尹默先生年谱简编》中亦无涉及。或许沈先生对这段历史数十年后已回忆不起，也可能认为对书法研究社做讲座和指导，犹如在北大所担任的课程，是一个教师应尽的职责，不必着意记述。多年前，北京大学学生书画协会同学来信要编纂协会会史，促使我翻阅了"五四"时期与北大书法研究社有关的一些原始材料，写成此文。在书法研究社导师沈尹默先生逝世四十五周年之际，以为纪念。

幸福的回忆——记与许德珩主席的几次会见

　　北京大学七七、七八两级学生是"文化大革命"后首两届通过高考而入学的，于一九八二年毕业，为了报答母校的培育之恩，学生会常代会提前一年就提出议案要在母校校园内留一点纪念物。当时有人提出要为蔡元培和李大钊建立塑像，一位是近代著名教育家、北大"五四"时期校长，一位是共产党创建者之一。这一提议在会上一致鼓掌通过了。会后学生会主席潘维明召集各系代表开了个座谈会，商量如何落实这项任务。有人提出建大理石像，也有人主张用花岗岩，我当时提出要建立铜像，并说明其意义和可行性，最后采纳了我的建议。会上组成了"建像委员会"，由学生会正副主席担任正副主任，并指定了一些同学为委员，我自然地也就成了委员之一。因我是图书馆学系学生，先分工要我收集蔡元培和李大钊二人的文字和图像资料，其他委员分头到中央美院雕塑系、北京钢铁学院、首都钢铁公司和大理石厂去联系铜像铸造和座基等事宜。"文化大革命"结束才三四年，百废待兴，过左的思想残余还或多或少存在，建铜像的事除了来自个别校领导的阻力外，得到了各方面的广泛支持，无不将其看作是一项有意义的开创之举，所以具体工作进展极为顺利。塑像是由中央美院雕塑系曾竹韶、傅天仇两位教授免费为我们塑造的。他们是国内很有声望的雕塑家，曾分别为人民英雄纪念碑制作了"虎门销烟"和"武昌起义"两面大型浮雕。在中国美术馆举办的"首届全国大学生

许德珩为蔡元培铜像题名

许德珩为李大钊铜像题名

雕像背面华人德书写文字　　　　　雕像背面华人德书写文字

书法竞赛获奖作品展览会"开幕式上，我意外地发现许德珩副委员长在警卫人员保护和搀扶下也来参观了。我知道许老和蔡元培、李大钊二人生前关系较密切，于是鼓起勇气冒昧地走上前去，保卫人员立即予以阻止，当我讲明身份和意图后，才让我接近许老。我简要地向许老讲了北大学生要为蔡元培校长和李大钊同志建立铜像的事，并说塑像初稿已完成，想请他去看看，提些修改意见。许老听了很高兴，一口答应约定了时间去美院参观。时值隆冬，学校派车，由我接了张申府先生（李大钊同志任北大图书馆主任时由张先生具体管理图书馆事务）去美院，许老是由他秘书牟小东先生陪同同时到达的。当时许老已九十三高龄，张老九十一岁，两位老人见面时非常高兴，看了塑像初稿后，都认为形神俱肖，十分满意。校方领导讨论决定，两座铜像均请许德珩副委员长题字。许老是蔡元培先生的学生，又同是北大进德会会员，与李大钊同志是朋友，无论从许老与两位像主的关系，还是从地位声望来看，由许老题字是最为合适的。许老为两座像各题了两幅字，让我们挑选。那时，我是北京大学书法社社长，放大勾摹的事自然交我来做了。我用投影仪放大后细细勾摹在白纸上，然后送到大理石厂，刻勒在像座正面的大理石上。像座背面的铭文是学生会主席潘维明指定由我代表两届同学书写的。两届同学共两千多人，捐款六千余元。那时同学都很穷，大多是靠一二十元助学金生活的，还有人从助学金中省出钱来贴补家里生活，但人人都捐了钱，少的一元，多的二三十元。我用小楷工整地将每人的姓名、钱数誊录在一本宣纸册页上，交学校档案室保存。捐款人签名的原稿在铜像落成时妥善包好后分藏在铜像内了。

许老的书法极佳，有次我在九三学社中央看到许老写给九三学社的《孙过庭〈书谱〉册页》，字端和温雅，一如其人，后有启功先生题跋，许老所用印章也是启功所刻，当时启功是九三学社中央秘书长。以后我曾多次见过许老，有两次是在北京西山，当时牟小东先生在协助许老写回忆录——《为了民主与科学》。由于许老精于书法，一次我顺便带了几幅自己合意的字请许老指教，并写了一副对联恭祝许老颐安，他高兴地收下了对联，对我的字夸奖了一番，他说，搞书法也要"胆大脸皮厚"，即不要受前人束缚，要跳出樊篱；写的字要常给懂行人看，要经得住人家批评。许老书法早年学的是宋高宗的字，自七十岁后每天临写唐代孙过庭的《书谱》，他说，不论寒暑，

华人德在全国大学生书法展上与许德珩谈话。一九八一年

临写后都要周身冒汗。他为北大书法社写了一联，是撷取的《书谱》中语："味钟、张之余烈，挹羲、献之前规。"为我写了"彊（强）勉学问，陶冶性灵"一联，我一直以此作为座右铭。数年后，看《胡适研究丛录》，方知"胆大脸皮厚"是"五四"前北大学生中流行的一句话。我因和许老接触后，逐渐对九三学社有了些了解并产生要加入九三学社的愿望。我和牟小东先生谈起，九三学社最初名为"民主科学座谈会"，"民主"与"科学"是北大的优良传统，也是九三学社的宗旨，我愿意为之奋斗终生，所以我有参加九三学社的强烈愿望。牟先生对我讲，"文化大革命"后各民主党派刚恢复正常活动，也要逐步进行自身建设，因民主党派不发展大学生，所以须等毕业后再可申请。我和许老在一起时，牟先生把我的愿望向许老讲了，许老听了非常高兴，连声说："欢迎，欢迎。"并讲九三社员

铜像落成典礼现场

北大七七、七八届全体学生在蔡元培、李大钊铜像落成典礼上向铜像致敬。左起分别为胡愈之、钱昌照（后排）、胡乔木、华人德、许德珩、乌兰夫、邓力群等。一九八二年十月

铜像落成典礼后，许德珩私人宴请蔡元培亲属。左一为萨空了，左二为华人德，左三为许德珩，站立者为蔡元培先生侄孙，右二为蔡元培先生女儿蔡睟盎。

大多年纪大了，你们是新鲜血液。后来我加入九三学社，牟小东先生是我的介绍人。

　　蔡元培、李大钊铜像落成典礼是在一九八二年十月中旬举行的。那时七七、七八两届同学都已毕业，我分配到南京大学工作。母校发请柬来要我参加落成典礼。典礼很隆重，学校邀请了党和国家的领导人，蔡元培、李大钊的子女亲属和学生、同事以及铜像作者和协作单位负责人等。典礼即将开始，国家领导人乌兰夫走在最前，许老走在第二位，由学生会主席潘维明和我搀扶着，后面是胡乔木、邓力群、钱昌照、胡愈之、陈昊苏等，鱼贯而行，向俄文楼前的李大钊像走去。许老年龄高走得慢，还不住地向夹道鼓掌的教师、学生挥手致意。乌兰夫身材魁梧，步伐快，走着走着，发觉身后脱了节，回头一看许老和他相去十余步，又往回走来，请许老走在最前，许老挥手诙谐地说："共产党带路，共产党带路。"乌兰夫笑了，于是又返身朝前走。典礼会场在李大钊像前方，奏了国歌，由乌兰夫致词，他称赞北大两届学生做了件了不起且有意义的事。乌兰夫二十年代曾在由李大钊同志领导的北方局工作，他怀着崇高的敬意向李大钊像献了花圈。接着大家又步行到未名湖西钟亭下草坪蔡元培像前，由许老代表大家敬献了花篮，并行三鞠躬礼。参加典礼的贵宾、代表以及前来观看的师生不下万人。

第二天，许老派警卫员送来他为二铜像落成所赋诗一首，并附来两份请柬，邀请学生会主席潘维明和我二人去参加他晚上的私人宴请。宴会设在京西宾馆十三层顶楼，共三桌，邀请有蔡元培先生的子女亲属，九三学社在京的几位副主席和他的两位朋友，另有几位记者。我被安排在第一桌，坐在许老旁边，另一边是蔡元培先生女儿蔡晬盎，同桌的还有九三中央副主席周培源、民盟中央副主席萨空了以及刘亦宇（即刘仁静，中共一大代表）、牟小东先生。另一桌上有严济慈、潘菽、金善宝和蔡怀新夫妇等。宴会上大家边吃边谈，许老、周老、刘老等谈的都是年轻时的经历和交往。许老见我拘谨，不时夹菜给我，并对我讲，你年轻，尽量多吃些。许老的孙儿、孙女和我是同一届大学生，他对我就像对孙辈一样慈爱。事过二十年了，许老逝世也已十二年，而音容宛在，时值九三学社苏州地方组织成立五十周年之际，以作纪念。

一次尊师爱生会

一九八二年四月春暖花开的时节，我已是一个北京大学四年级即将毕业的学生。校学生会主席潘维明来找我，通知我参加一个尊师爱生座谈会。我因为是书法社社长，交给我一个任务——负责接待签到工作，事先备齐笔墨纸砚，到会的老师都是一、二级教授，签到簿学校要存档。我想：这次尊师爱生会意义非凡，交给我的事一定要办好。于是我到学生会领了点钱，来回六十里路专门到琉璃厂荣宝斋去买了本宣纸册页和笔墨等物。

会议在图书馆一楼贵宾室召开，我提前去将摊子在门口摆好并守着，一些学生代表也先到了。因为开这会没声张，没有看热闹的人，贵宾室的门闭着，不相关的人不许进入，门厅里静悄悄的。不一会教授们陆续来了，签了名就开门进去，原来立在门口的学生代表都凑过来看每一位教授的名字，不识的字就问我，并互相询问是哪个系的教授，熟悉这学科的同学会觉得这些名字如雷贯耳，而今天对上了号，见到了真身！季羡林先生签名很快，站直了身子，悬臂一挥而就，十分潇洒。他是一级教授中年纪最轻的，刚过七十。我因为到他家去过几次，互相认识，我说："季先生，您写字手不抖，精神很好。""嗯，一点不抖。"他边说边往里走。一会儿王力先生由学生搀扶着缓缓走了过来。他看到有册页和笔砚，就从上衣口袋里掏出一张纸，照着题了一首诗，诗名是《赠诸生》。我一看"诸生"

二字，就说："王先生，您把我们看作太学生了。"一八九八年戊戌变法时，提出"废科举，兴学堂"，七月十四日，光绪皇帝下诏，正式批准设立京师大学堂，任命孙家鼐为第一任管理大学堂事务大臣，并规定"各省学堂皆归大学堂统辖"。变法失败后，新政措施大都被取缔，唯大学堂未废，一九一三年夏改名为北京大学。我曾听到有老师开玩笑说过："北大的历史应从汉武帝设立太学时算起。"王力先生听到我在说话，就抬起头来问："上款怎么写？"我就告诉他："这次是北京大学尊师爱生座谈会，就照这个题吧。"他写好，又由学生扶着进了会场。

贵宾室内响起了讲话声音，过一会摄影师退了出来，我知道会议开始了，该到的来宾也都来了，就收起签名册，也进了会场。只见正中对门的一张三人沙发上，中间坐的是党委书记韩天石，正在讲话，左面是陈岱孙先生，右面是王力先生，两边沙发上坐的有季羡林、郭麟阁、庄圻泰、王瑶、邓广铭诸先生，这些教授都是一代宗师。还有哪些教授到会，我已忘了。学生代表都靠墙坐在折叠椅上。

韩书记讲完，就请陈岱孙先生讲，陈先生摆摆手，表示没有什么话要讲。接着请王力先生讲，王先生就又念了一遍他作的《赠诸生》诗。接下来韩书记让教授们自由发言，就不再点名请了。邓广铭先生讲："我一不会做诗，二不会……"郭麟阁先生讲话开头也说了句"恕我不会做诗"，似乎都有调侃的意味。过后，坐在后排的王铁崖先生发言了。他曾编过厚厚的一部《中外旧约章汇编》，这部书我们图书馆学系的学生都知道，这是在教材中提到，实习时也必须查阅的一部资料汇编，我国近代与列强签订的不平等条约原文都能在这部书中查到。他说："我今天是以老师的身份来参加这个会的，但在这个场合，我同时又是位学生，因为我的老师也在座，这位老师就是陈岱孙教授。"讲到这里，大家的目光一下子都转到陈先生那里，只见他仍旧兀然而坐，沉默不言。王先生接着讲："我除了有时在校园遇到陈老师，总是恭恭敬敬向他问安外，每隔一两个星期，我要到他家去看望他，向他请教，多年来我一直是这样。老师是你最应尊敬的人，他对你传道、授业、解惑。"其他还有人发言，包括学生代表，因讲的大多是套话，我连一点印象都没了。我也记不得王瑶先生讲了话没有。

不到一个小时，尊师爱生会宣布结束。我将签名册交掉，洗刷好笔砚，就回宿舍了。一路上我在推测，可能上面有文件通知，全国各所大专院校，甚至中学、小学都要在近期开类似的尊师爱生会。没过多久，北大新的招生简介张贴出来了，正中是王力先生的《赠诸生》诗墨迹和一张大幅照片，照片上王力先生手执毛笔，头微偏着似在倾听，又像在询问，另有一个大而模糊的背影，那就是我。

从此以后，我时常会想起那次尊师爱生会，这个会聚集了那么多名师硕儒，来座谈这么个主题，恐怕是空前绝后的了。但是会上教授们要么不言语，要么简短讲两句应景的话。为什么？我曾陷入沉思，直到现在我也在琢磨。

二十世纪自五十年代初就提出要知识分子接受思想改造，

要"洗澡",要"脱胎换骨",绝大多数人都真心响应这一号召。但以后就一个运动接着一个运动,北大一直处于全国的风口浪尖,是重灾区。校领导发动学生、教师批判、斗争少数教师和学生,尤其是这些在学术上有成就和贡献的教授一直是众矢之的。几个运动下来,无人幸免。到"文化大革命",索性都一锅煮了。当了多年党委书记的陆平,一开始就被打倒在地。老师进"牛棚"受尽折磨,学生搞武斗你死我活。十年浩劫过后,拨乱反正,北大渐渐安宁了,但是"文化大革命"中跟得紧的、闹得凶的,还在被细细收拾。那些年斯文扫地已尽,痛定思痛,夫复何言,夫复何言!

这些老教授不想讲话的原因也可能是:从孔夫子以来,师道尊严一直是天经地义,尊师爱生是人伦纲常。这些为人师表数十年的老教授还要被召来开会座谈这一话题,岂不是又遭一番羞辱?!

当然还可以分析出一些原因,譬如:这几十年来,每人经历开的会不下万千次,一种风气要扭转,不是开个会就成的,尤其是道德和教育,"圣人行不言之教",光嘴上讲而自己无行,师道不尊,言教不如身教,故不必言说!有两三位教授简短讲了几句套话,也就结束了,不浪费时间。讲套话表示你是响应的、听从的、紧跟的,不会出纰漏。这是当时公开场合讲话的一道独特的风景。

我想,参加这次座谈会的老教授都是出洋留学过的饱学之士,各种运动都经历过,无论知识、阅历、智慧、思想都是超过常人的,他们是否有更深刻的想法,则不得而知了。

这次座谈会，学生代表都是指定的，开得虽然简短、沉闷了一点，照片是未开会时就拍好的，文字可以整合，但外人哪得知，关键是宣传效果，效果当然是好的，光是这些老教授能出场就不得了。历史上汉高祖欲废太子，吕后用张良之策，请出商山四皓，立于太子身后，不就是这个效果吗？

说句心里话，我在北大读书的四年里，爱生的氛围很好，学生时时能受到师恩的熏沐。当时同学正值青少年成长期，经过十年的"洗礼"，尊师的意识十分淡薄，但也没见有什么出格的事发生。可能同学们都要到许多年以后，才会真正体会到三春之晖的伟大。

神出古异，澹不可收——评宋季丁先生的书法

　　宋季丁先生是杭州人，数十年前流寓苏州，可以说他主要的艺术生涯是在苏州度过的。宋先生的字，古瘦奇崛而不怪诞。如能以诗喻字，他的字似孟东野、贾阆仙短句，简质疏澹，清冷幽僻；又似韩退之、李长吉长歌，超纵跌宕，盘纡奇肆。然皆苦吟而成，其刻意呕心处，可见指爪血痕。若用《二十四诗品》品其书法，应归于"清奇"一流。

　　苏州自古人文荟萃，有着深厚的文化积淀，书风数百年间几经更转。明代王世贞在评论本朝书法时，历数苏州书家，并自豪地讲了"天下法书归吾吴"的话。清代，许多考据学家出

宋季丁

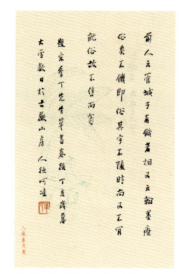

华人德《纪念宋季丁先生文》

生或侨居于苏州，他们对金石文字进行了深入的研究，用以作为证经订史的一种依据。于是对金石器物、拓片的搜访考辨和收藏鉴赏蔚成了一股风气，逐渐又引发起艺术上的探求。清末民初，碑学派书法已在吴门扎下了坚实的根基。叶昌炽在《语石》中讲了这样的话："须知二王以外有书，方可以语书。"在这样的文化、历史氛围中，宋先生既受到熏陶，又能勇于探索，直至终其身。长期以来，走碑学路子的人往往都是着眼致力于两汉六朝名碑巨刻和三代重器，而对于秦代权量诏版，汉晋简牍、残纸、砖瓦、地莂等尚无暇顾及或不屑顾及。而宋先生认为"道在稊稗、道在瓦甓"，这些古代民间匠工、下层吏卒所留下的书刻，皆有道可寻，有些甚至是绝妙佳品，皆可为我取法。开清代三百年学术的顾炎武在论学时以为：做学问如铸钱，应采铜于山，若买旧钱充铸，则新钱将愈益粗恶。宋先生在艺术上不肯因袭"二王"以下名家，而将晋唐以上无名书手的作品加以淘洗提炼，以成自家面目，可谓采铜于山了。

宋先生写字不执着，情性所至，信手挥洒，因此绝不作规整婀娜的小篆，也很少写端庄严正的钟鼎。秦诏版、汉碑额、《三公山碑》《朱曼妻薛买地券》是他最喜临写的题材。这类"割隶字八分，取二分；割篆字二分，取八分"的八分书，不必拘泥于六书，不必斤斤于点画间架，转折方圆兼施，大小欹正随意，回旋余地较大。《五凤二年刻石》《三老讳字忌日记》《鄐君开通褒斜道摩崖》《裴岑纪功碑》《石门颂》《杨淮表记》等他也反复神驰。这些碑刻摩崖瘦劲古拙，飘逸舒纵，多用圆笔，很合宋先生笔路，也可以说是宋先生笔法得力于这些名刻。其中，又似乎最钟意于《杨淮表记》，曾见其临写多幅，皆四尺六尺大件，草隶相参，恣肆回翔，字行大小高低错落，浑如酣醉歌舞、踊跃战斗，令观者神情激荡。宋先生也临写《张迁碑》《爨宝子碑》等方严凝重的碑刻，除转折处方截有棱角外，点画皆用圆笔，所谓反其道而用之，着重表现其拙朴的天趣。宋先生的作品有许多是以临摹面目出现的，但不求形似，我行我素，可见其临摹，只是借题发挥而已。所作章草，虽出于皇象《急就章》和索靖《月仪帖》《出师颂》等刻帖，但不取元明人摆列匀称、圭角毕现、转折佻挞、波磔粗重为特征的程式化字样，而是吸取了汉晋简牍、残纸、砖刻、铅券中的草隶写法，通篇字不贯而气贯，不作明显波挑，顾盼盘旋，如锥画沙，淳厚郁勃之气溢于纸外。宋先生在艺术上并不是一味好古，他很服膺近人中食古能化的书家，如沈寐叟、于右任、弘一法师。他的行草也颇受于右任的影响，笔法碑帖相参，空灵洒脱，苍茫老秃中时露秀颖，有萧然物外之致。

宋先生和一般老辈书家不同，他对待一件作品，除笔墨结构以外，十分注重整体的视觉效果。其家藏一枚永平五年汉砖，为祖上子遗之物，嘱人朱拓多纸，四周落以长跋，这样安排，并不是出于考索辨证而加题识，仅是从章法着眼作匠心布置，如尚余空地，必更书吉语数句，以不同字体相参，钤上印章多方，朱墨犁然，古雅朴茂，相映成趣。所见多幅，每必如此，然而内容字句皆有变换。所临《朱曼妻薛买地券》，原物有棋枰界格，这在碑刻中是很常见的，临写时皆可忽略不管，而宋先生临写时有意将字大小错落摆列，然后随字画上界栏，以网络通篇，细细对照原件，并不相似，只是为了维系列，增其气脉，烘托奇诡的意趣。周围空隙处更补上题头和密密仄仄的跋识，使得章法趋于完整，即便在一些空格中钤上多枚印章，也是颇具心思的，决非妄添蛇足。因而所临写的作品，其实是一件匠意独运的创作。宋先生有时用赭墨、朱砂写字，或将洗笔水肆意泼洒涂抹作品，家中屋角陈设的陶瓶上也都题上字句，这些虽属游戏一类，也可见其创作时追求视觉效果之用意，而不是舍本逐末之举。

宋先生作字习用小笔。以小笔作书，常会遭到有些人的轻视，以为字不浑厚。小笔写大字之所以易显单薄，是因为笔画加粗，势必要塌笔重按或卧笔偏锋方能写出，这样不是毫散不起，就是半润半枯，初学或不知用笔者常犯此病。而宋先生却不然，能用其长而避其短，始终提笔裹锋，故笔画细劲凝炼，圆健不乏。有时还喜作浓淡墨，利用小笔蓄水含墨少的特点，浓淡枯湿容易过渡变换，通幅斑驳陆离，饶有古趣。若以长锋大笔淡墨作书，掌握不住，往往浑沦浮颓。宋先生有时追求金石气，仿效刀凿刻画的方式，用笔逆涩徐进，运行中时时驻笔，停留处墨渖化出，笔画如竹鞭芦根状，这和清道人颤掣运笔以表现金石文字沟道剥蚀的意趣类似。我觉得寒塞而不可取。

宋先生晚年一直赋闲在家，贫病交迫，身心佳时，则挥洒不已，稍不称意，皆委之字簏。凡供笺纸求字者，常以写就之字遗之，或临时补一上款，有爱好者即便席卷平时委积之字而去，亦不介意，唯得意之作，自珍而绝不予人。往往有收藏宋先生字多至数十帧者，其中有劣劣不可观，此多半为捡选于字簏得之。我与宋先生相识仅一年，登门相见过四次，偶尔谈到书法，他对"甜"与"俗"最为忌恨。前人有言："管城子有饿者相。"又云："翰墨疗俗矣，不饥即俗。"宋先生的字不随时尚，又不肯就俗，故不售而贫。

宋先生有奇崛的个性，有奇崛的艺术，而无奇崛的功业，故其人可以像历代无名书手一样不传，而其艺术，我相信可以不朽。

一个艺术家之创作旨趣能为观赏者理解十之八九，则可以视为知音，而知音难得。宋先生已往矣，若在泉下有知，或笑我在此郢书而燕说之也。

畸人乘真，窅然空踪——怀念心龙

　　三年前的清明节傍晚，沈培方兄来电话，讲心龙当天下午遭遇车祸，伤势严重，正在医院抢救。我一阵惊愕，因培方也是听同事传来的消息，故更详细的情况不知道，只能叮嘱培方，不论吉凶，一有确切消息，立即告诉我。之后便一直焦虑不安地等待培方的电话。晚上十点多，传来了噩耗，心龙没有能抢救过来。我拿着电话机潸然泪下，一夜无法合眼。十多天后，我和苏州沧浪书社同人潘振元、朱大霖、王歌之等一起赶到上海参加心龙的追悼会。代表家属答话的是心龙的爱女。她边哭边缕述父亲对她的关爱以及对艺术的执着追求，到场的亲友无不感动落泪。我瞻仰了心龙遗容，走出灵堂，想到与好友就此永别，以后只能在记忆或梦境中会面了，不禁又泪如泉涌。

　　我和心龙认识了十多年，是培方兄介绍的。那时我与上海书画出版社有两本书合作出版，两三年间常跑上海，与培方、心龙也时常见面。培方是位温厚长者，自相识后，一直是莫逆之交，而心龙则是历落畸人，起初和他并不投机。他喜欢与人争辩，自己认准的道理，谁也说服不了他，每次收场，不是我让步，就是转移话题。他也没有时间观念，与他相约，经常迟到。有时一同外出，火车即将开了，发现独缺他一人，大家心急火燎地等着，会看到他从远处奔来，或者从附近人堆中悠然走出。但是有一桩事他是极守时的：我每次到上海和他见面，临到傍晚时分，他会看一看手表说声抱歉，匆匆结束谈话，骑

沪苏二十人展上海开幕式合影，前排右一沈培方、右二乐心龙、后排中间为华人德。一九八七年

自行车去接他在幼儿园的女儿了。有一次沧浪书社年会，会后集体上黄山，时值隆冬，山上雾凇如雪，滴水成冰，路险磴滑。大家在始信峰上临崖俯瞰，绝壑万丈，皆战战兢兢。心龙胆大，如履平地。他穿着棉大衣从人群中擦身而过，旁人本来就脚软，经他轻轻一碰，无不失色。一路上他几次站在悬崖边观景，我有恐高症，一直提醒他小心，为他手心捏汗。他似乎注重自在而看轻生死。

他的书法早期受黄石斋、沈寐叟的影响，用笔急促，翻覆腾挪，略带章草笔意。一九八七年我和他牵头办了个"沪苏中青年二十人展"，上海书家多数由他约请联络，皆一时之选。首展在上海，预展时他因有事迟到了，来时抱着他的爱女。当时他的书法给我印象在二十人中不算突出。翌年初春，展览移

嵩高灵庙碑亭前合影，右起分别为潘振元、乐心龙、周玛和、穆棣、刘恒、华人德。
一九八七年

至苏州。冬季上海甲型肝炎大流行，心龙也感染上了肝炎。外
地人都不敢去上海，作品是我搭便车去取的。展出地点在苏州
博物馆。首次展出的作品有不满意的，各人都作了更换。正厅
位置让给了上海作者，心龙因病不能来，他有一幅大轴草书挂
在正中，远看气势非凡，如倾江海，夺人心魄。我当时对上海
来的朋友讲："士别三日，当刮目相看啊！"从此以后，我对
心龙的书法就一直注意，并深为钦佩。他写字不拘小节，多从
大处着眼，有时为使行笔不受墨碍，以致改字不成形。他视书
法为抒发胸臆的手段。他也搞现代书法，这个领域我因从不涉
足，自然不能妄评。但我知道他绝对不是那种嬉戏笔墨、装神
弄鬼的人，而是以十分虔诚的心态来进行创作。沧浪书社曾到
美国罗格斯大学办过一个书法展览，时谦慎兄正就读于该校，

展览的策划与筹办均由他负责。心龙有一幅现代书法参展。一位从事艺术的华裔女士看中了这件作品，想出通常所定的价格买下，谦慎兄较谨慎，打了个电话征求心龙意见，不料心龙并不答应，讲："如果要买我的按传统书写的作品，出这个钱足够了，但要买我的现代书法作品，出三倍的价钱尚要考虑一下，因为成功率是几十比一。"结果未能成交。心龙极为珍视自己现代书法的创作作品，绝不是常人所谓的随意涂抹而成。他在生活上一直比较清贫，但是这并没有影响他追求卓越的信心，也没有使他为求名牟利而逢迎时俗或攀附高枝。他始终保持人格的独立和对艺术的尊重。有一次我和他谈起一位文化官员到各地巡回办个展，而其字迹则近乎恶俗。

乐心龙《柳梢春·岳阳楼》

109

乐心龙《手挥五弦，目送归鸿》

到苏州也来办过展览，我收到了请柬，但我没有出席。心龙忿忿说："这样办展览，哪是弘扬祖国文化，是倒牌子！真正要弘扬，把他办个展的开销和精力，去扶持一些默默无闻但字真正写得好的人，给他们办展览。"但是目前哪来这样的好事啊！只有自己去努力做贡献。

作为一名编辑，心龙曾推介和编辑了一批优秀作品与具有学术价值的文稿资料，如《明清名家书法大成》《近代名家书法大成》《鲁迅重订寰宇贞石图》《鲁迅辑校石刻手稿》《弘一法师书法集》《弘一法师书信手稿选集》等。沧浪书社要出版社员作品集，曾委托心龙作责任编辑，我当时是书社总执事，为了出好这本集子，他经常沪苏之间来回跑。后来他又看中我收藏的《北魏龙门造像记一百品》拓本，千方百计动员我拿出来，列入他的编辑出版计划。他还计划出一套古代稀见的碑刻拓本，找人为每一种拓本写简介和赏析，我是他首选的对象。他牵头选约沪宁一带十位中青年书家到台湾举办展览，我也忝列其中。他总是把他认为好的作品介绍给广大书法爱好者视

乐心龙"崖岩意象"

作是自己工作的本分。他在生命的最后几年中，和我接触频繁（因其突然去世，出版古代碑刻拓本的事中断了，赴台展览心龙也未及参加），在长期交往过程中，最能感受到的是他的真诚，朋友之间交情的维系最要紧的也是真诚，因为相互见真诚，即便个性、气质和生活处世方式不同，也都会逐渐谅解和宽容。心龙过早的逝世，使我失去了一位挚友，而书坛失去了一位优秀人才。他名声不能算大，最辉煌的创作时期刚到来，就匆匆而去，但是他已有的水平，足以使他进入当代最优秀的中青年书家行列之中，他的作品和编辑的书册可以存世而传久，他是"死而不亡者寿"！

知音自有松风和——记胡伦光的篆刻和书法

　　十年前我曾与胡伦光君讨论许氏《说文》，而后成了知交。我每次回家乡无锡，总要去看他。今年清明归扫祖茔，当夜就到伦光君家叙旧。一进书房，见桌上放着一本禅宗六祖慧能的《坛经》，他曾讲起近来在读几部佛经，我知道他并不信佛，读佛经是在求字印之外功夫。他从石章堆中取出一枚印来，说："我新近起室名为'二观堂'，取义于刘熙载《书概》：'学书者有二观，曰观物，曰观我。观物以类情，观我以通德。'"谛视印蜕，三字力求简略，很有禅味。一"观"字省去"见"

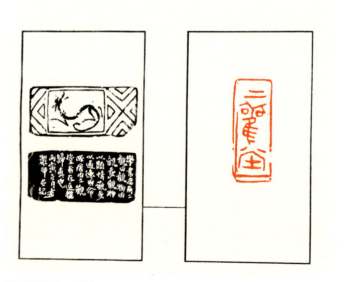

胡伦光篆刻《二观堂》

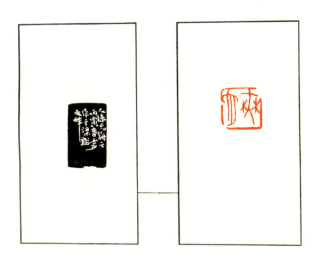

胡伦光篆刻《无它》

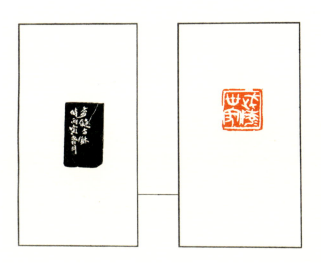

胡伦光篆刻《武陵世家》

胡伦光篆刻《非法非非法》

而仅作鹳鸟之本字"雚"，让右方留出虚白，"二""堂"二字略扁，"观"字修长，起伏向背，各随字势。另在印左下角加一横画和一长竖画，这样既起到三字在布局上的平衡，又增加了字与字之间的连接，从而不因疏空而支离松散。边款饰以汉画像图案，一游龙夭矫欲上，似将飞腾九天。既而又取出一包石章，均是我一年前嘱刻的闲章。一方"无它"为吉语章，用于拙书之"起首"。远古人穴居，最畏有蛇，相见互以"无蛇"致问，"它"即蛇之本字。傅青主论书云："宁拙毋巧，宁丑毋媚，宁支离毋轻滑，宁真率毋安排。"此四语可作是印注脚，艺事本相通也。"武陵世家"白文印，圆劲凝重，如锥画沙，不加修饰，一任自然。若一"世"字稍逼上边，三点略参差，似更佳。"非法非非法"是我取自《金刚经》语嘱刻之压脚章。以为作书当抒发个性，纵心所欲，不为法度所束缚，而又须处处与法度相契合，乃入化境。此语中有三"非"字二"法"字，摆列至难。我曾持石询诸数人，皆棘手而不肯捉刀。是印若按一般经营，无非五字作繁简、变形、假借，或以二点省略其中一字，以免雷同。此乃不过是效明清人刻"努力加餐饭""人随明月月随人"印之故技。伦光君将此印刻作汉砖形，三"非"字相同，二"法"字相反，以第二个"非"字中间虚白处为轴线，两两对称，似花纹亦似图案。四边纹饰则残破而不规整，既与对称的文字相调济而避免呆板，又与印中的文字融合成一体，真是大巧若愚，匠心独运，以不变变之，令人叹赏不已。伦光君自云，刻此印曾三易其稿，原石亦磨短寸许，可谓研精覃思了。还有一方"游艺两京"，当我刚拿到手，伦光君就接了过去，说："此印结法少疏，我将磨去重刻。"我想：伦光君一印尚且不肯草率苟作，何况其他！

伦光君随手又取出几方印来，其中"钝翁"一印，状若铁铸，点画浑劲，沉着郁屈，藏头护尾，不露锋芒，使人联想到一个"钝"字。有两方治学警句印章"作始也简，将毕也巨"，语出自《庄子·人间世》，八字错落作粗朱文，其中"始也""毕也"皆紧接如一字，作此类印，最怕字多，章法易散乱破碎，而这样安排成六个字，可增其茂密呼应之势，颇具构思。"足践之"一印，中画皆饱满，起讫处微露锋颖，吸取隶书笔意。我认为，若点画能稍见粗细对比，此印则可免却臃肿平板之感。我有机会常持拙书以请伦光君批评，他则坦诚而言。他亦虚怀

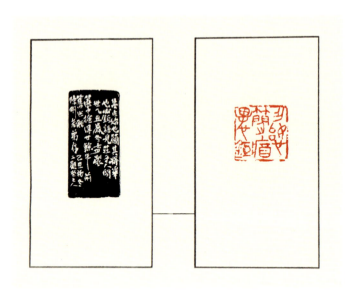

胡伦光篆刻《作始也简，将毕也巨》

征询我对他书印的意见，不以我为外道。常说："看自己的作品，每目中生翳，故须旁人剔刮。"此言我深以为然。我又重新拿起印章，细细摩挲边款，觉得拙厚而饶趣味，我讲："刻印易，刻边款难。自丁敬身以倒丁法刻边款，后人皆效之，唯千人一面，少有变化。你所刻边款，与《元演墓志》刀法相似。"伦光君答道："真是一语中的，我刻边款，确曾取法过数种北魏墓志，但觉得尚未能脱去清人蹊径。"最后，他拿出一方巨玺，刀法峻利，一往直前，奇拔而豪达。细辨印文，为"知音自有松风和"。这是伦光君自甘寂寞语。他向来拙于社交，不多出头露面，仅以书法篆刻为爱好，陶冶性灵。想起数年前，我在北京大学读书，曾将其所刻印蜕带到北京，一些朋友见了

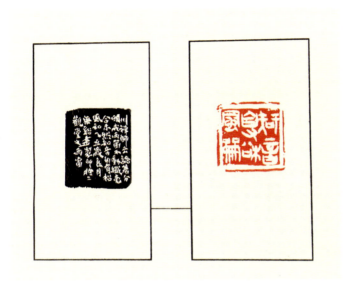

胡伦光篆刻《知音自有松风和》

无不称赏，皆愿与之结交。可见技艺一入高境界，自己虽不欲闻名，知音也会像松风一样，传响山壑。

清代孙光祖《篆刻发微》云："用笔之法，偏易而正难，露易而藏难，方易而圆难，折易而转难。结构之法，紧易而宽难，密易而疏难，正易而欹难，平满易而伸缩难，新颖易而古朴难，佻巧易而庄雅难，尖小易而雄壮难。"观伦光君之篆刻，皆欲去易而就难者也，而能各具面目姿态。然其气息意境却一以贯之，不假造作，故自然而澹泊。常言道"书为心画""字如其人"，印亦如此，验诸伦光君可知其不谬。

伦光君书法近年专攻北碑，用笔迟重，铺毫逆折运行，结体紧密，穿插有奇趣。《书谱》云："初学分布，但求平正；

既知平正，务追险绝；既能险绝，复归平正。"伦光君今年三十又五，正当壮岁，而书艺既能险绝，不久亦将"同自然之妙有"。

伦光君髫龄即喜调弄丹青，所作画不轻示人，笔墨清逸简净，亦有可观。

伦光书房中常张挂汉魏碑志整拓，每于静心时面壁神游。一隅设有书橱，内陈书籍皆小学、金石、史乘、诗文之类。伦光君青少年时适逢十年浩劫，辍学从工，业余孜孜读书习艺，所读书虽未足尽邺架惠车，而好学深思，自强不息，我知其必有成，故为之记。

情系雪域，梦回鲈乡——忆孙悦良

两年前悦良曾出过一本《墨缘杂忆》，收了他与书法各种情缘的回忆文章三十九篇。出版前让他兄弟俊良出面，请我为他写篇序，起个书名，然后由我题写。两兄弟都是我的学生，我欣然应允。书出来后，配有图版，文笔真挚，情深意长。朋友阅读后，都十分赞赏。悦良思绪不断，最后又积了许多篇，托俊良到我家，又要请我为他写篇序，并起个书名，仍要我题签。起个名题个签，只是举手之劳，而再要作序，我怕雷同，最好另请他人，正要推辞，俊良递上他哥哥的一封亲笔信，打开一看，上面拘挛颤抖的字迹，几乎不能识读。我一阵心酸，没有再仔细看信的内容，就对俊良说，让我细细阅读这些文章，给我多一点时间。俊良答应了。

过后，我逐字逐句阅读了悦良写的文稿，想到他核查校对不方便，少数所记时间有出入的地方，以及笔误之处，我都顺手作了修改。他的回忆，也勾起了我的一些回忆。

二〇〇七年冬天，中国书法家协会将举办"全国第二届隶书艺术展论坛"，推我担任评委会主任，我只负责评审论文，展览作品由中国书协隶书委员会其他成员组成评委会评审。评审工作结束后，大家在议论评审中发现的亮点。有人讲，这次西藏地区有一副对联很不错，写的是汉简风格，很古朴活泼。我想，西藏是少数民族地区，雪域高原，以往好像从来未见有出色书法作品，哪里会有擅长写汉隶的书法家啊？但是一回神，

孙悦良病重期间请华人德题书名并作序的亲笔信

悦良不是在援藏吗？他在简牍上下过不少功夫，会不会是他写的作品？我赶忙问："作者是不是叫孙悦良？"那人说："好像是。"我说："肯定是！是我的一位学生，他是江苏吴江人，援藏干部，现在在林周县当县委书记。这次获奖了吗？"那人说："看字，原是应该评奖的，因为吃不准是不是请人代写或冒籍，就放在入展作品中了。"我说："我若在，就'内举不避亲'了，现在评审已结束，只能算了。"

悦良援藏回苏，被安排在苏州外事办当主任。有一次，他在"江南风"书法沙龙画廊举办个展，陪着我看了每一幅作品，并要我挑出其中写得好的，想在报刊上发表。展出的作品不多，但都写得很好，尤其几副对联是汉简隶书大字，枯湿相间，活泼逸宕，凝练而不飘浮，生动又多变化。行草书萦回连绵，虚实互见，章法空灵，气息高雅。士别三日，当刮目相看，何况是三年！三年在雪域，书法一直是他空闲时的伴侣。悦良人聪明有悟性，加上勤于临习，三年间书法大有进步是必然的。

悦良、俊良时不时会来我家，将其近时习作带来给我看。我看悦良起坐转身，动作都很迟缓，我开玩笑地拍拍他的背说："你西藏去后回来，人老成多了。"他对我笑笑。其实那时已病态初现了，他本人肯定是知道病情的，只是不和别人讲。我当时正在考虑，要让苏州的书法走出国门，向海外宣传。我把这一想法告诉了悦良，我说："苏州现在是国内第一个书法名城，这是苏州的软实力，要发挥它的作用。"悦良说："这想法好，苏州在许多国家有姊妹友好城市，相互间经常有各种交流活动，我把这些情况向市领导汇报，同意后，我来牵线搭桥。"从二〇一一年开始，苏州市书协每年都组团到姊妹城市举办"吴门书道展"并进行书法交流，所去之地有日本金泽、法国格勒诺布尔、意大利威尼斯、美国波特兰、韩国全州和新西兰陶波等。

书法交流除了走出去，也有请进来。"中国苏州书法史讲坛"已举办了五次，讲坛的导师都是海内外著名的学者，主要对象是全国各地在读的书法专业博士生、硕士生。其中两次就由苏州市书法家协会和吴江市（区）文联承办。俊良是吴江市（区）文联主席，为操办"讲坛"出了不少力。他们兄弟两人为苏州书法事业的发展，都做出了贡献。

悦良后来调回鲈乡吴江工作，他的父母、妻儿都在吴江，这样便于他疗养，于家庭能互相照顾。可不幸的是，悦良重回家乡后，他的爱妻、慈母先后得病，两三年间又分别离世。虽然他自己的病也在想方设法治疗，但是接连不断的抑郁悲切，使病情逐渐加重。每当昼静独坐或夜不入寐，正是他思维活跃之时。"不思量，自难忘"，一幕幕回忆让他沉浸在童年的快乐、家庭的温暖和在雪域与汉藏同胞同甘苦的情谊之中，可以暂时摆脱疾病的折磨和丧亲的伤痛。这些文章以记述家乡和西藏高原的生活及工作为多。但愿挚爱能化解一切，但愿悦良能早日康复！

访美散记

因应邀参加普林斯顿大学艺术馆举办的"中国书法的文字及其文化背景"国际学术会议，我于一九九九年三月二十三日深夜抵达美国新泽西州的纽沃克机场，白谦慎、罗伯特·哈里斯夫妇和方尔义四人已在接候。白谦慎与我是北大的同届同学和好友，现在是波士顿大学艺术史系教授。罗伯特·哈里斯是哥伦比亚大学艺术史系教授，中文名字叫韩文彬。他是我参加会议的邀请人，也是这次会议的主持人。我提交的论文《论魏碑体》将要在大会上作演讲。我不谙英语，被允许用汉语演讲，而论文则由他人翻译成英文收入会议论文集。美国开学术会议需按指定日期报到，接待规定事先通知，详细讲明费用报销范

方尔义在院中欣赏中国书画藏品。一九九九年

123

围，处处精打细算，同时也告诉你如何节约个人的开支，包括在旅馆打长途电话收费较高，建议你购买电话卡在公用电话打更合算。会议结束的第二天就须离开，绝无招待游览参观一说。美国人举办活动，可以一花数十万元，但每项费用都抠得很紧，决不乱开支。当天夜里，我和白谦慎住在方尔义家。方先生是位酷爱中国书法艺术的美国人，和谦慎是好朋友。家里四壁挂满了中国书法作品，有吴大澂、罗振玉的对联，胡小石的册页，还有几位沧浪书社社员的作品。他把每件作品的有关资料都输入电脑，因为收藏有我的两件作品，还特地问明了我的老师王能父先生的生卒年，当即输入电脑。

翌日一早，谦慎和我坐火车去纽约，先到自由女神像和帝国大厦观光，然后再到大都会博物馆参观。我俩走马观花，一个半小时下来，尚有日本馆未走到，好像玛雅文化也未见到，可想博物馆之宏大。晚上到韩文彬家，他住在纽约哥伦比亚大学附近的高层公寓，窗外可以看见哈德逊河。他约了一位台湾籍女学生来共进晚餐。交谈中，知道她正在写"论六朝写经体"的博士论文，竟和我日前在写了要参加另外一个国际学术会议的论文题目相同！当夜我住在韩先生家，谦慎住在另一位教授家，也是我们北大的同届同学。

第三天上午，白谦慎先带我去一家纽约最大的私人画廊参观。这里所陈列的都是中、日两国的古书画。随后又去看"国际亚洲艺术博览会"，其规模之大和展品之精，胜过两年前我在香港展览中心所看到同样的博览会。天气渐暖，纽约的各类活动也渐渐多了。下午我们离开纽约前往普林斯顿。一路上，白谦慎提醒我在后天的演讲会上要注意的事项：一定要守时，宁可提前结束，也不要超出规定时间。另外，我们写论文常将一些认为是共知的历史、事物一笔带过，不加说明和论证，而美国听众往往不了解，会感到跳跃太大，他们对论文要求细致的论证。美国是个重视演讲的国家，要作好充分的准备，不可轻视。白谦慎在美国已作过二十余次学术演讲，甚有经验，他的提示对我很有帮助。我们先在指定的拿骚客栈安顿好住宿。这是小镇上唯一的旅馆，在普林斯顿大学的对面，已有二百多年历史，古色古香。晚上，一位瑞典籍的教授艾思仁请我们到中国餐馆吃晚饭，他是位古籍专家，正在做一个科研项目，是将世界各地的中国善本书目录输入电脑。他太太也是北大毕业的。我们因是同行，他又会讲中国话，颇多共同话题。

三月二十六日，白谦慎、艾思仁等在普林斯顿大学高等研究院参加一个名为"中国文化的视觉层面"的学术会议，白谦慎提交的论文为《日常生活中的书法：以傅山为例》，并作演讲。研究院离客栈很远，我因要准备第二天的演讲稿，所以未去。爱因斯坦晚年曾在这所研究院工作过，我真想也像其他崇拜者那样，去摸摸爱因斯坦雕像的大鼻子。下午三时半，台北故宫博物院研究员何传馨约了我到普林斯顿大学散步参观。何先生是位温文尔雅的学者，我们以前曾多次见面，他在普林斯顿曾住过半年做研究，对这里较熟。校院风景宁静优美，都是石砌的教堂、城堡式建筑。正对校门的一幢大楼在美国刚独立时，曾做过几个月的总统府。草坪上有现代派青铜雕塑，与古建筑相映成趣。我们先去了东方图书馆，这是个很老的图书馆，书籍充栋。从图书馆出来，夕阳已给校园披上了金装。我们在小卖部要了两杯红茶，坐在室外交谈。一周前这里还下过大雪，林木尚未长出新叶，参天大树上群鸦翔鸣，这与我国古画中的寒林暮鸦是一番截然不同的景色。我说这景色真美，何先生说暮春时节满园花开如锦，深秋时节霜叶斑斓，比这时更美。晚上，在会议联络人刘怡玮先生家举行自助餐会，凡翌日要演讲的人和相关人士应邀出席。席终，向大家宣布了会议的注意事项，并发了印刷很精美的会议的论文集和《具体展现的形象——来自艾略特基金会的中国书法》两部书。深夜，薄英来敲我房间的门，这位洋学生英文名叫燕·H·博依顿，中文取名薄英。四年前，他在维尔斯林大学获得双学士学位，并得到一笔奖学金。后来到中国苏州大学跟我学习目录学和碑刻史一年，回美后即进入耶鲁大学艺术史系攻读博士学位，并得到了最高奖学金。但是他只读了一年，拿了个硕士学位，就弃学而去搞艺术创作了。这在我们看来是件惋惜的事，但他觉得发展个性更为重要。他父亲是位有名的陶瓷艺术家。薄英人极聪明，手也灵巧，除了和他父亲一起做陶瓷外，还手工做珍本书籍。现在在华盛顿州一大学博物馆当馆长。他因知道我到普林斯顿来，就从数千公里外的西雅图横穿整个美国飞来看我，带给我一只他烧制的瓷杯和几张他印刷的其父亲所刻的铜版画小品。其中有一张是只大蜘蛛，他说美国人认为看到蜘蛛能带来幸运。我说明天是我五十三岁生日，我将登上普林斯顿大学讲台，但愿我能演讲成功。他听到这话，随即跑到自己房间，拿来一张普林斯顿大学艺术馆藏的我国北齐时一块琉璃砖的画片，上面

华人德、薄英、王如骏在耶鲁大学。一九九九年

是一只凶猛的野猪。他知道我属猪，他也属猪，小我二十四岁，在画片背面他用歪斜稚拙的中文写了祝愿的话，送给我作为生日贺卡。美国青年对老师的感情一般是淡薄的，但薄英能对我

有这样一份情谊，令我感动。

三月二十七日上午八时半，我到了会场，将所要用的幻灯片装好交给放映员。与会人员陆续到场了，有三百人左右，华人约占三分之一。来听会的人有各个大学艺术系的教授和研究生，有博物馆、艺术馆东方部主任，也有家财亿万的收藏家和画廊老板，还有对中国艺术有兴趣的人。九时半会议准时开始，联络人刘怡玮和主持人韩文彬分别作了简短的讲话。除了演讲者上台外，没有什么位尊望重者在上面，也根本不设主席台，听众都散坐在会堂里。演讲是按论文所述时代早晚依序进行的，演讲者和论文题目分别是：

1. 戴梅可（美国博懋学院教授）《谈中国古代文化的概念和书法形成的关系》。

2. 卢慧纹（普林斯顿大学博士候选人）《北魏洛阳地区的石刻书法》。

3. 华人德（苏州大学副研究员）《论魏碑体》。

4. 汪悦进（哈佛大学美术史建筑史系教授）《唐初对王羲之书法的转换》。

5. 莫家良（香港中文大学艺术系教授）《宋代篆隶书法研究》。

6. 石慢（美国加州大学艺术史系教授）《酒与草书：北宋书法中的个性表现和局限》。

7. 乌塔·劳俄（德国海德堡大学教授）《中峰明本的书法》。

8. 石守谦（台湾大学艺术史研究所教授）《作为礼品的书法：文徵明的书法与苏州文人文化的形成》。

他们七位都是用流利的英语宣读讲稿，引用的图版用两台幻灯机分别放映，以便作对比。到我讲时，我因考虑到我是用汉语讲，若按讲稿用书面语言读，一些不熟悉汉语的听众就更听不懂。于是，我就以讲稿为提纲，即席演讲，论述了以《龙门二十品》为代表的典型魏碑体，在孝文帝迁都洛阳前后，到北魏分裂成东、西魏这四十年间，从产生、演变到突然消失的原因。当讲到一些有趣的文化现象，台下发出了一片笑声。我准时讲完走下讲台，主持人韩文彬迎上来对我说："您讲得非常清楚，我完全听懂了。"这时我感到心中的石头落了地。中午与会人员都到饭厅吃自助餐，有些华人听众见了我说，难得听到有人用汉语演讲，感到十分亲切。我问了白谦慎和薄英，他们都说我讲得很好，我才相信，大家说的并不是出于客套和恭维。下午会议继续，会场绝无咳唾和窃窃私语之声，也无人走动。演讲结束，八位演讲人都坐到台上，解答听众的提问。理想的学术讨论会，最好的形式是每位作者在宣读论文后，有特约评论人进行讲评，然后听众提问，作者作回答。其间主持人掌握进程，但这样所花的时间较多。因会议只开一天，时间紧，故留一个小时集中回答提问。有两位听众分别向我提了问题："中国大陆推行简化字，书法创作时是如何对待的？""清代乾嘉以后，江南地区的学者是否对碑学有浓厚的兴趣？"我都作了回答，尤其是对后一个问题，我列举了江南地区许多搜访和研究碑刻的学者的姓名、籍贯及其碑学著作，来说明其风气反以碑刻稀少的南方为盛，成了一种文化现象。会后我得知提问者是一位研究赵之谦的学者。在中午和会后的空余时间，大

华人德参观耶鲁大学图书馆。一九九九年

家都到艺术馆参观艾略特藏品展，展出作品有一百多件，其中唐摹王羲之《行穰帖》、黄庭坚《赠张大同》长卷、米芾《留简》《岁丰》《逃暑》三札、张即之《金刚经》册页、赵孟頫《妙严寺记》等，都是中国古代书法之瑰宝。明清以下大幅、巨幅甚多。晚上宴会，出席会议者都参加了。席间，普林斯顿大学校长、艺术馆馆长和艺术史系资深教授方闻先生都讲了话，以祝贺这次学术活动。

三月二十八日，我开始实现拜访几位前辈、同学和参观一些著名大学的计划，这计划由白谦慎为我安排。谦慎、薄英和我三人乘车经过罗格斯大学，这是谦慎刚来美国读政治学硕士学位的一所州立大学，占地面积极大。汽车在校园中驶过，谦慎不时指点某处是其住过的宿舍，某处是"学生雇用办公室"，在某处大楼他曾做过油漆工，有些寄给我的信就是在工间休息时靠在窗台上写的。初到美国，勤工俭学，十分艰辛。后来，他要去著名的耶鲁大学读博士学位，办离校手续时，一些人不

华人德夫妇到美国纽黑文寓所拜访张充和。一九九九年三月

相信这位讲英语还结巴的学生竟还能被耶鲁录取！下一站我们
就是去耶鲁。到纽黑文，先到谦慎朋友王如骏先生家，他在耶
鲁艺术系工作，也是无锡人，和我同乡，父亲是中科院院士。
他拿出自己的日课，临写的王宠小楷，十分精到。但他谦虚地说，
刚学不久，只是喜欢，闲暇消遣而已。在耶鲁大学法学院读博
士学位的齐海滨应约来会。他和我在北大也是同届同学，在校
时就熟识，一起陪我到耶鲁参观。这里的建筑都是哥特式的，
法学院正在维修，不能进。耶鲁是一所出总统的大学，克林顿
总统曾就读于此。善本图书馆是用白色大理石建成的全封闭式
的，因星期天闭馆不能入内参观，两个艺术馆分别在展览英国
油画和中国奇石。齐海滨因要接孩子，先和我分手。下午四时半，
我们到了张充和先生家。张先生是著名的张氏四姐妹中的老四，
今年已八十七岁高龄。三姐是沈从文夫人，四姐妹和六个兄弟
都健在。我们去，她很高兴，拿出一本册页，先叫我在上面题字，

华人德、薄英在朱继荣家中。一九九九年三月

说要看我写字。上面已有不少名家的书画，我在空白页上题了司空图《诗品》集句："日往烟萝，幽鸟相逐。月明华屋，碧松之阴。"并写上我们四人对傅汉思与张充和二老的祝愿。张先生说，会写字的人都是提笔写，不会写的人都是将笔按到笔根写。又说我是大笔写小字，是提笔写的。接着她楼上楼下跑了几趟，拿出她收藏的文徵明手卷，方于鲁、程君房、曹素功墨和许多图章来给我看。图章有田黄、有鸡血，分别为杨龙石、吴昌硕、乔大壮等人所刻，吴昌硕所刻有四方。墙上挂着她失而复得的处女作，是一幅弹琵琶仕女图，上面有沈尹默、章士钊等人题字。张先生早年在北大读书时，文章书法就受到胡适之的赏识。后随夫傅汉思先生到耶鲁执教，傅汉思是入美籍的德国人，汉学家。张先生送了一本和汉思合译成英文的孙过庭《书谱》给我，并题好字盖上章。书后影印了她用工楷写的《书谱》，清妍绝尘。她平常喜欢临写《书谱》，所临第九十九遍

为薄英所得，一百遍为白谦慎所得，张先生很喜欢他们。张先
生所书自作词数十首将由薄英做成珍本书一百册，版已制好，
皆思乡怀旧之作。薄英讲，朱继荣先生看了，不觉浊泪湿襟。
张先生要请我们上饭馆，我们因要赶到朱继荣教授家，故辞谢
而别。朱先生在纽伦敦，谦慎、薄英和我三人到他家已晚上八时，
他早已备好晚饭等我们了。朱先生也已八十二岁了，河南人，
四十年代中期来美国，擅长书画，有一片赤子之心，夫人是美
国人。白谦慎因有课，第二天一早就开车回波士顿了。我和薄
英住了两宿。到美国后，因受时差影响，一直睡不好，故在朱
先生家休息一下。朱先生家就在康涅狄格州立学院旁边，他带
我们到学院去参观。图书馆收藏了我国近现代一些名家的书画，
也有我们沧浪书社社员的作品，很多是朱先生捐赠的。他近期
还从一拍卖会上买下两幅明代的画，一幅是文嘉山水立轴，一
幅是张宏山水巨幅中堂，都是他从退休金中省下的钱买的。

　　三十日上午，薄英开了朱先生的车，送我去波士顿，到谦
慎家已是中午了。下午薄英陪我参观波士顿博物馆，该馆的规
模稍小于大都会博物馆，我们这次看得稍仔细些。埃及部分
光木乃伊就有七八具，碑刻也很多，尤其使我惊奇的是埃及在
三千多年前就有肖形印，大多刻在玛瑙上，有的做成戒指面，
有的做成圆柱形，也有和我国的印玺相仿者，都是钤印在白胶
泥上。所刻极精细，有的还有文字，纤如毫发。这种肖形印后
来也传到了希腊、罗马，其时代与我国秦汉相近或稍早。当我
在这些碑刻和印章前思索时，薄英俏皮地说："真可惜，不是
中国最早。"因为以前我给他讲碑刻史和书法篆刻时，常常要

华人德参观哈佛燕京图书馆。一九九九年

扛出百年老店的金字招牌来，所以和我开开玩笑。在博物馆足足看了四个小时。薄英还要回到朱先生家去，第二天中午飞回西雅图。因开夜车较危险，所以我和谦慎也没留他吃晚饭，互道珍重而别。离天黑尚早，谦慎开车带我再去看两所学校，一所是宋美龄、冰心早年就读的威尔斯利女子大学，学校沿湖而建，美丽宁静；还有一所是以犹太学生为主的大学。

　　三月三十一日是我在美的最后一天，由比我低两届的北大同系同学杨松陪同游览。波士顿是个大学城，有一百八十多所大学。我们先到波士顿大学去看了白谦慎执教的艺术系制作幻灯片的工作室。然后就到市中心，参观了两所教堂和波士顿图书馆。波士顿是美国建城较早的城市，房子古色古香，摩天大楼较少。我们去了肯尼迪图书馆后就到麻省理工学院和哈佛大学。这两所世界堪称第一的理工科大学和综合性大学相比邻。

我专门到了哈佛燕京图书馆。该馆曾编过许多我国古代最著名的经史子集部书籍的索引。所以馆虽小，但非常出名。馆内挂满了我国清末民初名人的题字，还挂有一幅慈禧太后的油画像。晚上相约到北大女同学徐如锋家。她是苏州人，也是北大书法社社员。她和杨松都是应届考上大学的，比我这个老三届高中毕业生年龄小得多。到她家，我看见在窗边有两个小镜框，里面是我在校时送给她的两幅蝇头小楷。已将近二十年了，她还珍惜地保存着。她正怀着孕，即将生养。虽行动不便，但在前一天还和丈夫一起到书店买了两本波士顿和麻省的风景画册送我，以作留念。不一会，谦慎和他的夫人、儿子也来了。白睿是谦慎来美前一个月生的，已十三岁了，读书很聪明。今夜聚会，北大书法社有四人，我是首任社长，谦慎是副社长，我俩毕业后，杨松是第二任社长。加上谦慎兄夫人王莹，有五位是北大校友。杨松是波士顿北大校友会秘书长。他讲校友会会员共有三百多人，去年五月四日北大百年校庆，还隆重庆祝了一番，但是谦慎夫妇、小徐都不知道，也未参加校友会，因杨松的地址他们也刚知道不久，可见在波士顿北大校友远不止这些。王莹问我："老华（因为年长，在北大时同学都叫我老华），你明天一早就离开波士顿回国了，在你到的地方里，觉得哪儿最好？""普林斯顿。"我脱口而出。我这次在美国到了十所大学，几所博物馆、艺术馆和图书馆，大多都只是蜻蜓点水式地看看外观，但是我还是觉得普林斯顿最美，印象最深刻。要是有人再问我，那么人呢？我将说，这次见到和接触的前辈、同学和热爱中国文化的各位朋友都将是难忘的。

美国行

薄英为我办展览

薄英（Ian Boyden）是位美国青年，今年三十五岁，父亲是位著名的雕塑家。薄英少年时游学各地，懂得汉语、日语、西班牙语，并通晓意大利语。他曾于一九九一年到南京大学学习汉语一学期。回国后读大学本科，拿到两个学位，并得到一笔奖学金，因喜爱中国文化，于一九九五年到苏州大学，跟我学书法史和碑刻史一年。利用假期他独自到山东、河南、四川、云南等地旅游考察。在离开中国前，又和我一起花了一个多月时间考察了徐州汉画像和关中碑刻，然后沿丝绸之路经麦积山、洛河、甘谷、兰州、夏河、炳灵寺、武威、张掖、酒泉、嘉峪关，至敦煌。回美后，进入耶鲁大学艺术史系攻读博士学位，两年后获得硕士学位，因想从事艺术创作，就辍学辞师，在美国西北部华盛顿州的惠特曼学院任艺术馆主任，业余创作铜版画和彩墨抽象画，并办了蟹羽出版社，制作珍本图书，常和诗人、艺术家们合作。他曾将张充和先生写给他的十八幅词曲小楷册页印制了一百本书，凹凸版朱墨套印，硬木封面，取名《桃花鱼》，精美之极。

薄英多年前就讲起要在美国为我办个人书法展，这次我受邀到惠特曼学院来讲学，他就把展览作为我讲学活动的一项内容。去年夏天，趁白谦慎兄回国探亲，薄英专程来苏州，与谦慎兄在我家三天，将我准备的作品逐一著录，并把内容翻译成

华人德在美国惠特曼学院美术馆展厅举办个人展览。二〇〇五年

英文。二〇〇五年一月十二日我到达惠特曼学院时，十六开一百零四页的展览作品目录已印刷好，展厅也已布置好。作品陈列仅二十件，其中部分是我一九九六年赠送给薄英的。展览名称取自《庄子》"道在瓦甓"，因作品大多是在汉画像石和砖文瓦当拓片上写录的诗文与题跋。走进展厅，整个墙面刷成灰色，每一墙面只挂二至四件作品，每件作品均有灯光照射，旁有详细说明和内容翻译，展厅中有奇石、兰花点缀。有间小展室挂的都是以"酒"为题材的作品，较为密集。另有一间灯光特别亮的展室，布置成一个书斋，书桌上有文房四宝，并有画轴、古籍、石供、印章，以及陈介祺手拓北齐造像等陈设，向观众展示了一个书法创作的环境。国内的书法展览，作品愈写愈大，鼓努为力，将空间占尽，密不透风，就像杂货市场，大家都自顾着吆喝，美其名曰追求展览效果，而整体感觉以及

对观众的照顾却没有人关怀。薄英讲，一百多年前欧洲的一些画展，展厅墙上挂满画框，上下不留余地，有时一幅小作品会挂到六七米高的空隙处，观众无法在每件作品前停留。他认为展览作品，往往少少许会胜多多许。这次展览，我有多件作品未挂出来，就是作通盘考虑而决定的。

薄英谈了他的展览设计思想，他认为这次展览的是我近年所创作的作品，不是反映各个时期风格的传记式个展，因此突出作品比突出作者本人更重要，要烘托出作品包含的文化底蕴，引导观众的情感和思绪去同作品显示的感染力碰撞，从而打动观众。当观众步入展厅，灯光只照在每件作品上，观众除了能感受到整体效果外，对大致展示的数量也可了然于胸。当然，灯光聚射，也便于亲近观赏。墙壁用灰色调可以烘托作品追求高古朴茂的意境。每件作品大致与视线相平，并用奇石

华人德在美国惠特曼学院美术馆展厅举办个人展览。二○○五年

和珍异兰花点缀，都是为了让观众能赏心悦目，不致视觉疲惫。有些作品加用玻璃罩框，是一种心理暗示，说

华人德在美国波特兰兰苏园举办展览。二〇〇五年

明展示的是珍贵的艺术品。而有一些作品是直接挂在墙上的，这是展览体现人性化的一个方面，可以让观众触摸，了解书写和装裱的材质，产生亲和感。他说，若是观众平均能在一件作品前停留十秒钟，看了展览又能记住其中几件作品，这个展览就成功了。绝大部分美国人对中国书法是陌生的，因此展览目录和对作品内容的翻译与介绍十分重要，可以帮助观众对作品的理解。这一点，欧美的博物馆、艺术馆都做得很地道。当然也有作品是什么文字说明也不需要的，如现代派作品，有，反而画蛇添足。

　　展览是二月十八日晚上六时开幕的，白谦慎兄横穿美国，专程从波士顿飞来，开幕前一小时，他作了个关于帖学与碑学的讲座，并对我作了介绍。学校办了酒会，参加者百余人，有远从纽约、波特兰等地来的参观者。事后听薄英讲，他在惠特曼学院举办了七十多次展览，这是最成功，也是他最满意的一次。我参加过的各种书法展览不计其数，而正式的个展从未办过，这是第一次。一个展览能否办成功，不光看作品本身的水

平，还要看展览的设计与布置，以及如何帮助各种层次的观众理解作品的内含。此后，我的另外一些作品还在一个酿酒公司和波特兰市（苏州的姐妹城市）的中国园林——兰苏园举办过，也都是薄英为我设计布置的。

开设书法课

我受邀到美国惠特曼学院讲学一个学期，经费从学院有关教授申请的一项基金中支出。书法课是我和薄英合开的，翻译也是学院邀请的苏州大学外语学院青年教师陈羔，他的翻译水平受到听课的美国著名汉学家包华石教授的称赞。学生选修课程时，书法课有五十多人报了名，是选修人数最多的一门课。后来只能作限制，从艺术系和学过东亚文化史课的同学中选出十三名。每周两堂课，共三小时，上十三周，讲授书法史和临习各占一半时间。

开设书法课的目的不是要培养书法家，而是让美国大学生能理解中国的书法艺术，并产生兴趣，同时也了解一些与之相关的文化知识。中国自小学、中学，直至大学，讲课的方式基本是灌输式的，老师的知识面当然是愈广愈好。而美国讲课是启发

惠特曼学院为华人德提供的住所。二〇〇五年

式的，同学随时可以提问，喜欢展开讨论。美国大学生对中国历史和地域概念是非常生疏的，如果全按朝代讲会把他们的思维搅成一锅粥，而让他们对书法和有关的文化现象有兴趣这是非常重要的，这是白谦慎兄事先就提示我的，他在美国有十多年的教学经验。薄英去年也已开过书法课，他对课程的安排是：对书法的认识，开列参考书目和参观"道在瓦甓"展览；文房用具和基本笔法；先秦及秦汉书法；两汉书法；二王书法；佛教、道教与书法；帝王与书法；士大夫书法；帖学和碑学；《兰亭序》以及有关的学术讨论；中国书法的幅式，印章；结合参观波特兰市苏式园林——兰苏园讲书法的布置。我完全同意他的安排，只是对其中某些专题的讲课内容作了修正。如"帝王与书法"。历代帝王中有许多善书者，有些还造诣很高，但没有一个是第一流的书法家。他们在书法史上的地位主要还在于他们是一些最大的收藏家，对古代名迹的搜集、鉴定、著录、装裱、保存、流传，以及对他们所喜好的书家、书风之推崇和倡导起到过别人无法企及的作用。所以讲课不是以赏析帝王作品为主，而是阐述后者。如汉灵帝设立鸿都门学，准许蔡邕等所奏，刻立《熹平石经》；唐太宗搜集王羲之墨迹不遗余力，并命褚遂良鉴别著录，得到《兰亭序》后，又命能书近臣及内廷拓书手临摹复制等等。大部分课由薄英主讲，要进一步阐述说明的地方，则由我来解释和回答。我们加大精力用于备课，由我将须讲的内容讲述一遍，薄英整理成提纲。必要的材料还打印好发给同学。幻灯片都配合讲课内容事先制作和准备好，十年前薄英在中国考察碑刻所摄制的幻灯片大多

华人德与美国来华访学学生在兰亭雅集。二〇〇六年

都派上了用场。有两堂课，如道教与书法、士大夫书法，以及印章等，薄英较熟悉，自己积累的材料也较丰富，就由他独立去讲。这样既节约了翻译的时间，也可为薄英今后开设书法课搭建好框架。

临习课曾让学生临写过楷书（颜体）、隶书（《礼器碑》）和小篆（《峄山刻石》翻刻本）。大家都很认真，但有几位同学始终写不好，我并不去勉强他们，也有同学模仿能力很强，由于没有学过汉语，笔顺常常颠倒，要写给他们看，并告诉他们笔顺很重要，关系到笔势和今后能否写好行、草书。短短的十堂课让他们临习三种书体，无非是让他们知道一点要领，以便自学。课后曾布置同学要写两页纸长的文章，一篇是《读线条艺术》，另一篇是《对中国书法的理解》。薄英对大部分文章比较满意，有些他认为精彩的段落还在课上朗读。修这门课

华人德再次访问波特兰期间，学生闻讯前来看望。二〇一二年

成绩的依据是这两篇短文，以及指导下完成的一副对联作品。同学写的这些对联都在展览厅旁的走廊里展示过。

有位同学值得提一下。在我展览举办期间，薄英和我讲，有位学生要买我一幅作品。当时我很诧异，学生怎么会来买"昂贵"的艺术品？虽然进这学校读书的学生家里都比较富有，但是美国的学生是不会滥用家长钱的。我说如果是学生本人要买，我就只收一半钱。当我得知那幅作品已不准备出售，以后是要带回去的，就对薄英说，我只能照此另写一幅，但尺幅可以放大，以弥补非原作之不足。在征得那位同学同意后，就认真将作品写到自己满意为止，方才托薄英将同学叫来面交。哪知这位同学是选修书法课的一位美国女生，叫杰妮弗。她在班上字写得最好，以前曾上过薄英教的书法课，这学期又再来上我们的课。她没有学过汉语，一句也听不懂我讲的话，交流时全要靠陈羔

华人德在美国华盛顿州立大学讲学时为听众签名。二〇〇五年三月

或薄英翻译。但无论听课还是临习，她都非常认真，课后也时常练习书法。她家在俄勒冈州，她还叫父亲专程来看我的展览。杰妮弗是四年级学生，这是大学最后的一学期，毕业论文是写对王羲之及其书法的研究。我们有两堂课的内容是与王羲之有关的，薄英借了些英文的书法史论著给她参考。她曾约我和陈羔一起为她答疑，提了许多问题，一面录音，一面记笔记，半个小时以后要更换磁带了，她发现录音机没有启动，十分懊丧。那次共讲了一个多小时。我答应她如有不明白或想了解的事，可以再来问我。有一个星期她没来上课，我很奇怪，后来才知道她在赶写论文，她也没有再来找我问问题，不知是否怕打扰我。毕业典礼后我在校园里碰到她，她说以后要到苏州来，一边找个教英语的工作，一边继续向我学书法。她说她会去学汉

语的。在我即将离开惠特曼学院前，薄英交给我一封感谢信和一盒英国红茶，是杰妮弗留下的。她还有一封感谢信要我带给陈羔，陈羔已在一个月前先回国了。我想美国有许多大学生对中国书法是感兴趣的，而杰妮弗则是真正热爱中国书法。

在西雅图

二月初，应华盛顿州立大学艺术系之邀，我与薄英共同去作一演讲。大学在西雅图，这是座美丽的城市。在大学一研究所工作的褚家立先生已数次来电话约好，要在双休日陪同我夫妇游览。于是我夫妇和薄英三人在周四上午驱车去西雅图。午后到达学校，我们被安排在一个精致温馨的小客栈歇息。傍晚就作演讲，演讲经费是一个基金会赞助的。通知数天前就在校园网络上发布了，还张贴、发送了不少海报，所以听众坐满了

华人德夫妇在美国藏家有味读斋中合影。二〇〇五年

报告厅。组织和主持人黄士珊女士，是耶鲁大学艺术史系博士，现在华盛顿大学艺术史系任教，以前我到普林斯顿大学开会时见过面，那时她还在读。演讲前半部分是薄英介绍我在书法艺术上所走的碑学途径，他放映了许多以前和我一起外出考察碑刻的幻灯片。后半部分是我为听众提问作解答。最后照例写一幅字作示范。我在写之前向大家作了解释：中国书法是一门视觉艺术，但不是表演艺术。虽然在一千八百年前就有书法家在酒肆书壁，吸引观客以偿酒值的故事，当代有些书法家也喜欢当众挥洒，表演书写技艺。但是我平时书法创作，都是独自在书斋中进行的。我现在只是让诸位了解一下书法创作的过程。以后还有过几次演示，我都要作这样的说明，以免美国人误解。

第二天，应一位收藏家之约，去他家观看藏品。他们夫妇都是美国人，同在华盛顿大学当教授，夫人是位汉学家，研究宋史，著述颇丰。家在市内一山顶上，四周皆豪华住宅，进门楼梯上挂了一幅清末吴荣光写的"有味读斋"横披，楼之上下挂了许多镜框，都是明清人所画册页、扇面。三楼书房很大，一面挂有何绍基行书六尺四条屏，朝西是落地窗，山峰海湾，自成画卷。大长桌上放着黄向坚、梅瞿山、潘恭寿等人的山水册页，供我夫妇和薄英观赏。旁边有一本收藏目录，要看哪件作品，他可去取来。我浏览了一下，藏品自明中叶至现当代名家有百数十件，当看到其中有沈子丞先生的三件，就请他取出观赏。我年轻时曾与沈先生同事五年，受过教诲，他是我所景仰的书画家，九十三岁时去世，墓碑是我所书，去年十一月份，为其百年诞辰，在苏州市图书馆办了个遗作展，我写了篇纪念文章。收藏家将藏品取来，其中两件是他到中国去时当面请沈老画的。还有一部册页，是在香港拍卖会上拍得的，封面上没有签条，收藏家就请我为其补题。他还喜欢收藏版画，古代的有《十竹斋画谱》一部，现代的有鲁迅为当时青年木刻家题签的一套版画，还有古元、彦涵等在延安鲁艺创作的许多版画，这是二十世纪三十年代至四十年代送给来华援助抗日的美国飞行员的礼品。这些版画在美国有好几个人收藏，而在国内恐怕已稀见了。我对收藏家讲，今天所看到的藏品都是真品，眼力真好。他很高兴。我问他能否将今日的会见写入文章中，他说也可以，但不要用真名，可称他为"有味读斋主人"。据说，在西雅图，热爱收藏中国艺术品的美国人大有人在。两天晚上，都由黄士珊女士和她的男友、画家戴维以小型聚会的形式招待吃饭，邀请了几位华盛顿大学的教授一同来参加。

　　第三天上午，褚家立先生驾车带我夫妇二人去奥林匹克国家公园，薄英则先回沃拉沃拉了。褚先生是沈尹默先生哲嗣，为沈夫人褚保权侄儿，褚夫人未有子息，故将家立过继给自己。四年前上海举办"纪念沈尹默先生诞辰一百二十周年暨逝世三十周年研讨会"时和他认识，为人温文尔雅，热心周到。国家公园在西雅图西面，隔开海湾可以望见白雪皑皑的群峰。从高速公路开车去要三小时，车向南刚开出城市，就看到百里外一座白色的高峰特立于云表，这是美国本土最高的山峰雷尼尔山，拔地而起，高近四千四百米，异常壮观。到国家公园已是正午，公园面积有数千平方公里，一路驱车游览了海滩、雨林。海滩多怪礁，雨林更奇特：无雨亦有雨，巨树皆披满绿萝青苔，如梦如幻。山中有冰川，因千米以上皆积雪，路不可上，未能见，天断黑时，尚兴致勃勃到林中去看一瀑布。后渡海而归，至西雅图已晚上九时，行程六百公里。

第四日有雨，褚家立先生陪同参观游览了市内和近郊的几处景点。下午我们自己在西雅图博物馆参观，馆在城中，另有亚洲馆在一山上，未去。翌日一早，褚先生送我们到长途车站，乘车返回惠特曼学院。这是我这次到美国的第一个游程。

参观博物馆

我在美国每到一地，必要参观博物馆或艺术馆，还有图书馆，若时间短，那怕匆匆走一圈也好。像纽约大都会博物馆，要泡几天也不嫌多，我两次去都只能停留三小时，所以就走一圈或选两三个国家地区的艺术看一下。波士顿博物馆藏品之富和质量之高在美国也是名列前茅的，因在波士顿时间较多，看的时间稍长些，但也只能走马观花。看博物馆最累，而我总是要坚持到闭馆才离开。看博物馆最佳、最集中的地方要数首都华盛顿了，在华盛顿纪念碑至国会大厦大草坪两边大道旁都是博物馆，所有博物馆都免费开放，自"911事件"以后，博物馆进门也都要安检。我在华盛顿四天，大部分时间是看博物馆，接待我的是王纯杰、张子宁和孙宇明三位先生，他们都是白谦慎的朋友，以前没有见过面。宇明先生曾当过清华大学书法社社长。纯杰先生是台湾人，在某学校教书法，每周到弗利尔美术馆上班一天，我夫妇就住在他家。子宁先生也是台湾人，是弗利尔美术馆和沙可乐美术馆中国书画部主任，他曾在家里设

华人德、王纯杰在其家中合影。二〇〇五年

宴招待我夫妇，他和纯杰酒量很好，二人对饮，我不会喝酒，他夫人就舀鸡汤给我代酒。吃完饭，子宁命女儿沏茶，他女儿正在一茶叶公司实习，带回许多珍异茶叶，子宁要女儿逐一沏了给华伯伯品赏，品茶时只感到一股浓浓的亲情。他们三位都住在马里兰州，我夫妇到博物馆去，由纯杰、宇明二位轮流接送。纯杰要我去看看大屠杀纪念馆，他说看了会很揪心。他在送我到华盛顿时，我就请他将车停在"美国大屠杀纪念馆"（中文说明书上是如此写的）门口。纪念馆尚未开门，排队等候的约有一千多人，大家在寒风中静静地站着，一小时后才陆续进入。两个月后我又经历过另一个类似的情景：在回国时经夏威夷旅游，去珍珠港事件纪念馆参观时突然下起了阵雨，一下车大家就在雨中排队，当时带伞的人很少，虽然都浑身湿透，但没有人跑开去躲雨。人们在这些地方参观，都是怀着虔诚、哀悼的心情。制造这些大灾大难是罪恶，若要抹杀、篡改和让人淡忘历史也同样是一种罪恶。中午从大屠杀纪念馆出来，为了节省时间，就在路边买个汉堡包吃，接着去看国家自然博物馆。翌日看国家美术馆，美术馆只收藏欧美艺术品，塞尚、莫奈、凡·高等人的油画有十余幅，伦勃朗的更是有专室陈列。这些画挂在墙上一无遮拦，可以近距离观赏。大草坪对面是国立弗利尔美术馆，专门收藏东方艺术品。旁边是非洲艺术馆和雕塑馆，因时间短，三个馆只是匆匆走了一遍。

我在二十年前就着手搜集整理古代人物图像资料，这次到华盛顿一定要到沙可乐美术馆看一看收藏的一批明清人物遗像，其中有一百余幅清代喜神（肖像）是多年前傅申先生在这里供职时从一位美国老人那里购得的。我事先就托白谦慎兄与张子宁先生联系，要购买一本该美术馆编辑出版的人物肖像图册，并要求到库房看一下我所了解的几件作品。时间是定在我夫妇要离开华盛顿的那一天上午，由纯杰、宇明二位相陪，到弗利尔美术馆库房看书画，这些藏品是前一天从沙可乐美术馆库房搬过来的。那里地方小，挂不下，两个美术馆属于一个机构，由地下通道相连。我们登记后进了库房，要看的书画都已挂在墙上或展开在大条桌上。墙上张挂的是清代鳌拜、果亲王允礼等人的巨幅肖像。桌上放的是金代人画梅花《春消息图》手卷，赵孟頫《双羊图》手卷，王献之《保母砖志》宋拓本，南宋国子监本《淳化阁帖》等。《保母砖志》是伪刻，因宋代以来迭经名家题咏,名声极大,这次得以寓目,志文中许多字都取于《兰亭序》。《阁帖》共十卷，每卷一册，监本《阁帖》世存一部，九册在弗利尔，一册藏上海图书馆，不知何时可成全璧。监本《阁帖》版心有南宋初刻书手民姓名，可知为刻于木板者，上面银锭纹亦如数显示。这些是宋高宗欲复制先朝文物，可旁证祖本《阁帖》为木本而非石本也。书画一直看到中午，子宁先生送我一册八大山人书画图录，

华人德在弗利尔美术馆库房观看鳌拜肖像立轴。二〇〇五年

所收为王方宇先生捐赠给弗利尔美术馆的八大山人书画作品，该书由张子宁、白谦慎等合编。他还将自己的一本弗利尔藏明清人物肖像图录送给了我。饭后孙宇明送我夫妇到机场，去水牛城观看尼亚加拉大瀑布。

此外，我还到波士顿博物馆库房去看了清代禹之鼎、费丹旭等人画的册页，因是一般的仕女画而非肖像画，未有收获。我本来还提出要看唐代阎立本绘《历代帝王图卷》，这图卷十分珍贵，要用玻璃罩罩起来观看，须提前十多天提出申请，我因临时提出，故不能如愿。博物馆工作人员接待很热情，不厌其烦，有时还提些问题，并将你的见解用小本记录下来，他们

华人德夫妇、张子宁（左一）、孙宇明（左二）四人在弗利尔美术馆库房观看金代《春消息图卷》。

将这看作是向专家请教的机会。我在国内也曾多次去一些博物馆库房看书画，有时负责人事后会说，这些藏品要有省部级领导来才给看。有的负责人会先开出价钱，看半天要多少钱，当你提出要拍照，则要价更高。我在弗利尔库房看书画时，曾拍了许多照，事先我问张子宁，能不能拍照，他说可以，但是不要用闪光灯。我问其他人来也这样吗？要不要收费？他说也这样。这些都是公共财产，不应收费，若要拍照，总不会比画册上印得清晰吧。我也问过白谦慎，美国的官员是否也会到库房去看一些民众看不到的藏品？谦慎讲，官员又不做这方面的研究，跑去干吗？他们也不会把这看作是一种特权的享用，老百姓更不会去自找麻烦，博物馆公开陈列的稀世珍品多的是，够大家看的，他们这些话我都信。

美国有些大学的博物馆和艺术馆藏品之丰富、质量之高也

田刚（左）、华人德（中）、白谦慎（右）在麻省理工学院合影。二〇〇五年

是令人惊异的，如普林斯顿艺术馆、哈佛博物馆。普林斯顿艺术馆我在六年前曾去参加过它们主办的一个学术讨论会，那里光陈列的古埃及木乃伊就有八具。王羲之的《行穰帖》唐摹本，黄庭坚《赠张大同卷》，米芾三通手札，张即之《金刚经》，赵孟頫《妙严寺记》等名迹都在普林斯顿。一天白谦慎夫妇陪我夫妇去哈佛。哈佛我已去过两次，博物馆没有参观过，他们说值得一看，他们因有事要办，就约好中午来接。哈佛大学博物馆规模不小，尤其地质矿藏部分，不输于国家自然博物馆。中午从哈佛出来，经过麻省理工学院，停车后我夫妇在海边拍照，谦慎在路那边招呼我过去，旁边站着一个人，谦慎介绍说他就是数学家田刚，刚才在不远处停车下来，正是巧遇。田刚也是北大出来的，以前和谦慎家住得很近，经常在一起聚会。后来搬了家，谦慎打电话征得我同意，将我题写的一幅汉画像

拓片送给田刚作新居布置。田刚在数学上的成就出类拔萃，已是世界名人，但看上去和普通人一样，他已到普林斯顿工作，麻省理工学院保留他职位三年，随时可以回去，他还是中国国籍。谦慎兄说大家见面不容易，该合个影，他和田刚认为我居长，应该在中间，推让不了，就顺从了。照片是谦慎的夫人王莹拍的，她也是北大毕业。这类巧遇我在美国还碰到过两次，巧遇多了，就感觉世界小了。

参观画廊

薄英在休息日曾邀请我到他工作室去过两次，这是他在近郊租的一幢房子，约一百五十平方米。室外还堆了一些贵重木材，是他做珍本图书封面和画框用的。室内有两部机器，一是锯木材用的，一是排字印刷用的。另有两张大桌子，可以绘画、

华人德和薄英在波特兰某画廊薄英父亲作品前合影。二〇〇五年

切纸。墙上挂着我的一副对联和一幅题写的汉画像拓片，桌子和窗台上摆了许多他搜集的奇石、贝壳。他送了一块从中美洲带回

画廊出售的纸人艺术品。二〇〇五年

的鲸鱼听骨化石给我。他做的珍本书非常精美，大小都有，价钱从数百至二三万美元一本不等。他还取出许多近年画的画给我看，他说他的画受中国书画用墨、用色的影响，墨和颜色都是自制的，有些绘画的方法也和中国画的"吹云弹雪"类似。他本来要和我合作做两本珍本书，由他画画，我在上面题诗，各留一本以作存念。我一直很空闲，而他却很忙，忙于备课、为我办展览，自己也有两个展览要筹备，家里还要照应女儿，所以没有能做成。他说过两三年，女儿上学了，他要邀请我和谦慎一起到他父母家里，在俄勒冈州的海边，住一个月，钓钓鱼、聊聊天，搞些创作，看他父子烧制陶器。他家有个窑，烧窑时要两三天不睡觉看着。

在惠特曼学院举办我的个展时，波特兰市兰苏园有两位负责人特地赶来看我的展览。波特兰和苏州曾结为姊妹城市，兰苏园是在波特兰市的中国城由苏州来帮助设计建设的一个苏式园林，并各取两个城市名称中的一个字以为园名。园中的匾额楹联皆由苏州书法家题写，我题了三处。他们提出五月份在兰

苏园也要举办我的个展，薄英答应了。薄英祖父是波特兰的名医，祖母还健在，已九十多岁，他在波特兰曾生活过几年，城市中有些雕塑是他父亲的作品。薄英和波特兰有着深厚的感情。展览开幕时间定在五月七日，上午十一时我和薄英合作有一场演讲。在此之前我夫妇去加州旅游，七日上午飞机到波特兰，十时到兰苏园，薄英提前一天已将作品布置好，作品布置不像一般的展览，而是像厅堂书斋的陈设，作品不多，但极为得体。他祖母和父母亲都来看了展览和听了演讲。饭后我们在路上遇见一位女士，薄英介绍说，她是一位画家，也是书法家。先前，薄英讲波特兰市有两三位美国书法家，是写英文而非汉字。我对此很感兴趣，表示可以牵线搭桥，由苏州市书协出面邀请他们到苏州来举办展览，进行文化交流。我也将这愿望向她作了表述，她很愉快地答应了，并说将向市政府申请经费和准备作品。分手后，薄英说波特兰是个爱艺术的城市。有些地方虽然很富有，但有钱的人不懂艺术，也不喜欢收藏艺术品。波特兰则不然，集中了一大批艺术家，艺术品买卖也很好。他想去看一个画廊，里面有他父亲的近期作品，我们也跟着去了。他父亲弗朗克画了许多水墨小品，有抽象的，也有是画的一些小动物，纸是他在日本买到的一、二百年前的旧纸。旁边还有几件他的青铜雕塑作品。那位女书家也有作品，主体都是线条，我问这是否就是她的书法作品，薄英说不是，是美术作品，她的书法作品这里没有。薄英还向我介绍了一些著名艺术家的作品，由于我对美国当代艺术一点不了解，观念差距太大，欣赏不了，只能听听而已。画廊里现代派作品的标价普遍比传统的作品要高许多。

五月中旬课程结束后，薄英驾车陪我去黄石公园。途经太阳谷，那里是滑雪和度假的胜地，海明威晚年在此居住直至逝世。有一家画廊愿意陈列薄英的作品，并约定六月底在那里举办展览。薄英租了个拖厢车，带去了十幅装好镜框的画。那个画廊有个高大的展厅，里面挂了许多大幅涂满各种色彩的美术作品。画廊经营者是个矮小的日本人，和薄英用英语不断地谈话，我则边看作品边等他。看到地上有个纸板箱，上面放着一个小纸人，纸板箱上横七竖八写了许多英文。在一根柱子上还绑了一个差不多的小纸人。我想这可能是谁做了玩的，还用手捏了捏。另外在地上还平放着一个大镜框，里面是一幅嘴唇膏为题材的广告画，色彩很艳丽。薄英谈完话在走之前笑着要我猜那个小纸人要卖多少钱。我很惊异，难道这画廊把这种东西也当艺术品卖吗？我说不知道。薄英说："一万五千美元！那位日本人刚才跟我讲，这是一位著名的艺术家拿捆画框的纸带做着玩的。做了以后有人想讨去收藏，他说白要不行，要就得四千美元。人家就买下了。后来居然有很多人想问他买这种小纸人，现在已涨到一万五千美元一个，而且很好卖。那幅广告画要卖五万美元，已经卖出，正准备包装了运到纽约去。"我知道这是事实，但是觉得不可思议。后来我在路上想通了，这个反复做的纸人可能谈不上什么艺术性，但是是著名的艺术家做的，所以值了钱。假如是海明威做的，或许标价一百五十万，也会有人买。

华人德前往莱溪居拜访翁万戈。二〇〇五年

造访三位前辈

惠特曼学院于三月十二日放春假两周，我夫妇前往波士顿，作东北部之游，行程均由白谦慎兄安排妥帖。第二天傍晚，谦慎请了几位朋友到家中聚会。是日大雪，围坐夜话，明窗辉映，其乐融融。翌日放晴，驱车前访翁万戈先生，同行者有谦慎、纽约来的朋友王满晟、学生高翔和我夫人，车程约三小时。翁先生为松禅老人玄孙，晚年为避都市喧嚣，隐居邻近加拿大山中，拥有山林数项。翁先生驾车至附近小镇接引，入山六七里，罕有人居。住宅临溪而筑，为自己设计，极宏敞，四面皆长窗，凭窗而坐，青松白雪，如列画屏。翁先生年八十有七，鹤发童颜，望之如七十岁人。六年前我到普林斯顿大学参加一个学术会议，曾与先生夫妇见过面，先生精神面貌未有衰颓，而夫人已去世了。家中布置精洁，墙壁多挂翁松禅字，有红笺一笔写

华人德在莱溪居观看《翁同龢日记》。二〇〇五年

"虎"字中堂和二堂四条屏，一屏为茅龙笔所书者尤佳，起伏跌宕，老苍纷披，绝不似陈白沙之粗豪，观瞻良久，不忍移步。饭后，翁先生先领我们参观他的家庭图书馆与书房，藏书甚丰，书房有三四间，各为其研究不同专题的地方。多年前，先生曾编撰出版了《陈洪绶》画集三巨册，并一直在整理其高祖翁同龢资料。架上有翁同龢日记原迹十一函，皆装订成册，自早年至临终未有间断，民国间商务印书馆曾据以影印，逐一取下浏览。而后领我们去画室看所藏书画。有沈周《游张公洞手卷》，世有两本，此为真迹。另有《文徵明尺牍手卷》《黄道周尺牍手卷》及陈洪绶人物中堂、立轴等，陈洪绶《博古叶子》因出借在外展览，未曾得见。因路远天黑又早，不能尽看，傍晚辞归。

　　明天启程去纽约，途经纽黑文，拜访张充和先生。张先生为著名的张家四姐妹中最小而健在的一位，今年已九十二岁。

张先生出生在苏州，曾在北京大学读书。去年秋天，由唐吟方、王如骏、白谦慎和我一起为张先生在北京和苏州策划举办了"张充和书画展"，为一时盛事。她听说我们去看她，十分高兴，预先在一家中国餐馆订了座，要请我们吃饭。到她家已是中午了，忙着招呼我们先去吃饭。张先生气色红润，精神很好。饭后回到她家，她拿出抗战时在重庆老师沈尹默先生写给她的许多件作品和收藏的一些古籍给我们看，还取出一支明代的竹笛，通体髹了红底黄纹的漆，还完好，十分罕见。这支笛比现在的曲笛高半个音，有弟子认为这笛已是文物，应妥加保护，不能再吹奏了。张先生是美国昆曲研究会的总顾问，去年在苏州戏曲博物馆举办她的书画展时，曲艺界来了许多朋友，她坐着即兴吹奏曲笛，并清唱了半个小时昆曲。张先生所藏部分书画文物和自己的许多作品，已答应捐赠给执教过的耶鲁大学艺术馆。

朱继荣、白谦慎与华人德在康州学院图书馆朱继荣藏品阅览室。二〇〇五年

华人德在白谦慎家中与"书法江湖"网友对话。二〇〇五年

下午四时辞别后到耶鲁大学参观，夜宿王如骏家。如骏兄喜爱书法，平日有空即临池，小楷、隶书皆清雅可观。他在耶鲁大学做舞台设计，是谦慎朋友，江苏无锡人，和我又是同乡，父亲是中科院院士。

从纽约回来，我们又到康州学院去看望朱继荣先生。六年前，我曾在朱先生家住过，他和夫人还做了蛋糕祝贺我的生日。朱先生八十六岁，样子没变，一直保持着童心，只是耳朵更聋了。他是河南人，出身于农家，少年时由教会帮助来美国读书。夫人是美国人，相爱后，因二十世纪五十年代初加利福尼亚州有种族偏见，不准白种人与黄种人结婚，他们就驾车从美国西南部到东北部的康涅狄格州登记，以后就定居在康州。朱先生是位画家，国画山水画得非常好，平时喜爱收藏书画。他说自己一直是穷人，有了点钱就买中国书画，他也买过我们沧浪书社几位社员的作品。这些书画以及他的藏书都捐赠给了康州学院图书馆。去年，图书馆专门辟出地方成立了"朱继荣亚洲艺术阅览室"。我们中午一定要赶回波士顿，因下午两时约好要到波士顿博物馆库房去看画，晚上我要答"书法江湖"网友提问，只能停留一个小时。我提出想去看看新成立的阅览室。他家住在学院旁边，几分钟就到图书馆，进门右首就是以他名字命名的亚洲艺术阅览室，门口立有他的半身铜像。四周架上都是东方艺术的图册，中央有玻璃橱多只，陈列有明代陆治、近代齐白石、傅抱石、李可染等人的画轴。六年前，我曾在他家看到刚从拍卖行以八万美元拍得的明代张宏的八尺山水中堂，像这些大幅作品，未能陈列。阅览室精洁漂亮，有一两位读者在做研究，我们不敢大声交谈。出来后，朱先生讲，是他的朋友和学生们捐钱成立了这个阅览室，未用图书馆一分钱。朱先生和夫人虽已到耄耋之年，还常到图书馆来当义工。朱先生送我们上了车，我感叹地说："像朱先生这样的人真了不起，不多见了。"谦慎兄接口说："像朱先生这样的人，在美国多得很。"老一辈人的精神境界，真值得我们学习！

敬畏大自然

我自小就敬畏大自然，凡到名山大川，总会怦然心动，觉得人之渺小短暂，而宇宙肃穆宽容，化育万物，生生不息，和谐而有序，直至永恒。这次到美国，有两次是参加华人旅游团，联系人问我有无要求，我说游览国家公园为第一兴趣，人文景观其次，娱乐场所无所谓。自行出游则有好多次。我游览了奥

华人德在科罗拉多大峡谷前留影。二〇〇五年

林匹克国家公园、优胜美地国家公园、科罗拉多大峡谷、黄石公园、夏威夷火山公园、尼亚加拉瀑布，以及喀斯喀特山脉一连串的火山。

去看尼亚加拉瀑布的时间只能在三月下旬，因为春假我去美国东北部。大瀑布在五大湖旁，与波士顿不太远。托谦慎兄一问，那时大瀑布还冰天雪地，没有旅游团去，大瀑布离水牛城（巴福罗）还有数十公里，必须有住在附近的朋友接待，才能驾车前往。正在犯难时，突然在波士顿的杨松得到徐如锋夫妇在纽约州立大学巴福罗分校工作的消息，并知道了电话。谦慎大喜，讲小徐"失踪"已两三年了，急忙联系。小徐知道我在美国，又要去她那儿，十分高兴，帮我订好了机票。我在北大读书时，和谦慎兄发起成立了书法社，我被推为首任社长，谦慎是副社长之一，第二任社长就是杨松，徐如锋是苏州人，

华人德在圣海伦斯火山前留影。二〇〇五年

也参加了书法社。小杨、小徐低我们两届，但年龄要小十六岁，他们都把我当大哥。六年前我到波士顿，小徐夫妇请我们大家去吃了龙虾。小徐的丈夫是美国人，两个混血女儿极漂亮可爱。房子是自己买下的，周围很安静，墙上挂着两个小镜框，里面分别是我写的蝇头小楷诸葛亮《诫子书》和张孝祥《过洞庭青草湖词》，这还是二十多年前写的。小徐说："当时你要毕业了，说要写幅字送给我。我回说不要，你很诧异，问为什么不要？我讲宿舍里又挤又乱，没处挂，怕弄坏。于是你就在绢上写了两幅小的，说这样就不会弄坏了。我搬家多次，许多东西都丢了，这两幅小字一直保存得好好的，你以后如办展览，我可以借给你，但记得要还我。"我听了非常感动。当时这些细节我已记不得了，她却记得牢牢的。我只记得临毕业前老师、同学拿宣纸来要我写字的很多，我回江苏时还带回一大卷宣纸。第二天小徐驾车带我夫妇去大瀑布，天渐渐飘起了雪，越来越大，到大瀑布公园下车，飞雪扑面，水声轰鸣如雷。较近的美国瀑布有观景桥，瀑布宽三百多米，奔泻而下，气势壮阔。马蹄形大瀑布要大此九倍，因无游船，周围积雪没胫，不能靠近，只可远望，水雾腾空，一片迷茫，沿着瀑布上游河滩走去，急流滔滔，景色如画，四周空明，但闻喧声。公园内免费游览班车按时开，车上就我们三人，开到伊利湖边稍作停留，临湖远眺，烟波浩渺，水天一色，不见际涯。是日情景，记忆最为深刻。

平时在惠特曼学院甚空闲，星期五没有课，与双休日连续三天无事，就想到附近景点旅游。陈羔有美国驾照，春假前后我们每周租车出游。由近及远，景色奇丽处甚多，不能尽述。有一次是去看雷尼尔山。我在西雅图一百多公里外曾见到其柱天回日的雄姿，一直想到近处去一睹真面。从我们所在的地方去，车程要五小时，山之四隅都有观景点，时在四月上旬，到处花开似锦，但一打听，只有西南有一入口开放通行，其他绕山公路因冰雪而封闭。我们车在扫雪机推出的雪墙甬道中开到了名为"仙景"的观山景点，这里地势开阔，海拔一千六百米左右，时雨时雪，峰顶旗云飘拂，半藏半现，山虽有四千四百米，似不太高，不远处低坡上有几名登山者，细小如蚁蝼，久看不见移动，始知山之高峻，不可估量。

接着驱车去圣海伦斯火山。听人说，从五号公路四十九号出口处进去，观景最佳。我们过了一夜，第二天循此路线而去。天气虽然阴沉，但云层较高，整座雪白的火山在数十公里外就能见到，没有些微斑驳和瑕疵。此山在二十世纪八十年代初曾大喷发过，山头削去千余米，周围数百平方公里为火山灰所掩埋，森林都焚烧并倒伏。现在山麓和朝向圣海伦斯山的其他小山坡面仍遗存有无数的大树根桩，且草木不生。圣海伦斯山让人感到有种遗世独立的圣洁和肃穆之美。回程从哥伦比亚河北岸走，下游近海，景色和富春江相似，但更壮阔，这是美国的第三大河。往东开，因气候逐渐干燥，两岸树木渐少，石骨嶙峋，有些像黄河上游。多次经过，沿河数百公里都是景观，看而不厌。

回来和薄英谈起行程，说走的是五号公路，他很惊奇，说我们疯了，因为走那儿是抄了大远路。我问俄勒冈州的环形山湖景色如何？薄英找不出汉语词汇来形容，只说："啊！不得了。就是路太远，要八小时车程。"我查了旅游书和地图，那湖面即有海拔两千米高，有长白山天池数倍大，湖中有一岛。从山口下到临湖面要走半小时，湖深数百米，终年不冻，环湖有公路，我们只有四月中旬的休息天有时间去环形山湖，来回需三天，因二十号陈羔要回国了。天气预报那一带有雨，但抱着侥幸之心还是决定去。第一天去看三姊妹山，这是三座在三千米以上的火山，车到山下，因树林茂密，反而看不见山峰。在远处看，时有雨云掠过，若隐若现。第二天到环形山湖，仅有西南一路可通。山上风雪大作，环湖公路仍封闭未开放，只有一小径通向湖口，可以向下俯瞰。我们小心翼翼走上去，知道一失足就会滑入万丈深渊。湖上浓雾弥漫，什么都看不见。想象如果天晴看湖，定是平静如镜，色如蓝靛。我在两年前夏天曾到长白山顶看天池，印象甚深。车到山下，即天气和暖，回程时经过三姊妹山，天空放晴，西面三峰并峙，蓝天衬映，玉洁冰清。我们绕道去锥形的胡德火山，但在山中又遇大雨而未见。这次行程一千八百公里，所经几个州立公园风景奇特，沿途原野森林、田园牧场令人心旷神怡，尚觉不虚此行。明代高启有诗云："雪满山中高士卧，月明林下美人来。"深山大泽，变幻莫测，寻访而不得见，犹如高人隐士，岂能轻易会晤！四月底，我夫妇去加州旅行，在飞机上找了个窗口的位置，当飞机快到西雅图时，只见雷尼尔山仍披着银装，迎着旭日的一面呈橙黄色，背阴处呈深灰，云层匍匐在山脚，壮丽无比。当飞机从西雅图向南飞时，圣海伦斯山、胡德山、三姊妹山相继迎来，正圆形宝蓝色的环形山湖也一览无余。想不到那次有幸作巡天之游。

孔子"述而不作"，古人写字就耻谈创新，盛唐以后艺术渐受禅宗影响，于是论书也倡导顿悟。张旭见担夫争道、怀素观夏云奇峰，而悟笔法。我没有颠张醉素的才情和灵性，因此很少去找自然界的物象变化来激发自己的潜在意识。搞艺术的前辈常讲："要读万卷书，行万里路。"我也年将耳顺，在图书馆工作，成天有书作伴；假于现代交通工具，屈指游历里程已不下数十万，读书固然能增加学养，绘画可以写生积累，搜尽奇峰，而写字不必具象，于壮游何益？然而若能得山水清气，以涤胸中尘俗，执管时不为情事所牵，一心清静，更以对大自然之敬畏而不至小有成就即妄自尊大，那么喜爱游历实对书法亦大有益矣！

在沧浪书社成立会上的发言

诸位社员：

继承发扬我国书法篆刻艺术，加强横向联系，开展书法篆刻艺术高层次的探讨、交流，促进社会主义精神文明建设，这是我们书社的宗旨，也是最初要组织成立书社的动机。

清末和民国，在艺坛上曾广泛掀起过结社的热潮，光苏州一地就有五十余个社团。五六十年代，我国书法社团寥若晨星，只是个别地区成立了书法篆刻研究会。十一届三中全会后，各方面都出现了欣欣向荣的局面，书法界成立了中国书法家协会及其各级分会，许多高等院校和各地区民间的书法篆刻社团也纷纷出现。在日本，各类书法篆刻社团就更多，其数不下几千，而且绝大多数都是民间自发结合筹办的，展览和出版物也极为繁多。这固然和他们经济发达有关，更主要的是他们的民族有着极强的集团意识。集团的力量比各个分子在分散状态下总和的力量要大。而我们却习惯于单独奋斗，缺少凝聚力。我们现在从事书法，不能只作为一种业余的消遣，也不是作为获取名利的手段，而是应将它作为一种为之终身奋斗的事业。振兴书法这门我国独特的艺术，为社会主义精神文明建设起到促进作用，这也是我们热爱祖国的一种表现。而书法社团是促进书法活动、交流、研究和提高的有益组织形式，有助于我们的事业取得成功。现在已到了信息社会，虽远隔千里，可以通过通信、展览、刊物等途径交流信息、思想、作品、资料和研究成果，

沧浪书社在苏州沧浪亭畔成立，首批社员在沧浪亭合影。一九八七年十二月二十一日

沧浪书社在苏州沧浪亭畔成立，首批会员在沧浪亭原苏州美专罗马大楼前合影。一九八七年十二月二十一日

华人德《沧浪杂咏》

这使得我们作为一个跨地区的组织得以保持联系，开展活动成为可能。近几年各种书法活动、展览频繁，刊物也不断增多，一批中青年书法篆刻人才得以在艺术和理论上崭露头角，从而互相发现、互相了解、互相交往、互相尊重，其中一些有事业心的人，有愿望并且也应该凝聚到一起，形成一个群体。我们知道：由于历史造成的原因，从整个中青年一代人来看，在书法艺术上根底较为薄弱，探索得不够，流派尚未形成，还不足以表现我们的时代风格。在书学理论上，研究还有待深入，一些其他学科与书法的关系尚须去发现。因此有必要形成群体，以增强我们的力量，更好地推动书法事业的发展。我们的书社

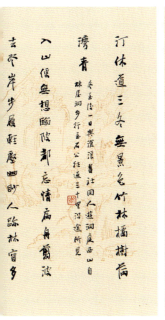

应时而生了。在座各位社员为筹组书社花出了大量的心血。

四年以前，我们中间少数人就开始谈起和酝酿，要与各地优秀的中青年书法家联络起来。当时因与外界接触不多，相互间不熟悉、不了解，有的还未发现，只是在各自认识的朋友中经常交往。近几年来通过各种类型的书法活动，尤其是第一、第二届全国中青年书法篆刻作品展览，使我们大家有了相互认识的机会。自今年春天开始，书社的筹组工作就正式进行了，主要是靠通讯联系，同意参加的人，分别填写了登记表，集中打印了通讯名录，起草了章程草案，许多社员口头或书面提了建议和对章程草案的修改意见。大家一致认为，人品和书艺是书社成员必须具备的两个条件。社员要相互帮助，有所促进，应该志向高尚，正直而有信义，不谋私利，旨为集体办事，这样书社内部就会团结，所以人品是搞好我们事业的保证；而我们社员还须在书法篆刻上有一定造诣，而且要名副其实，这样书社才有生命力，才会受到书界的重视，书艺是我们今后书坛上发挥良好作用的资本。通过联系和介绍，第一批社员是二十四名，这与我们多数人所建议的人数相同。当然也有被邀请了的朋友，一时不表态或不参加的，他们有一定的想法和原因，各有志向，不能勉强，他们也都是一些书坛优秀的中青年，也在为我国书法事业作贡献，我们应和他们热情合作。十月初，第三届全国书法篆刻展览开幕期间，九位社员在郑州开了书社成立的预备会，多数同意并通过了"沧浪书社"这一名称，确定了成立时间和地点，对章程草案作了第二次修改。会后，苏州和常熟因为是成立会和首次活动的地点，作为东道主，两地的社员分别为筹集经费、联系活动场所、接待工作等具体事宜，尽了自己最大的努力。今明两天是丁卯年冬至节。我国以十一月建子，律当黄钟。冬至日至极南，阴伏而阳生，为日月万物之始，故古人以冬至为德日，在此佳节良辰，"沧浪书社"正式成立了。

我个人对书社今后先提一些设想和希望，请诸位共同讨论。

一、社员要遵守章程，相互间应平等，真诚相待，须有集体观念，团结互助，不能损人利己。艺术和理论上提倡有个性、有创造、有切磋、有批评。

二、平时多联系，交流信息，资料共享，知识共享。定期将有关资料复印后分寄给各执事，然后翻印转交给各社员。各人应利用自己的专业、专长、技术为大家热心服务。

三、争取三年集会一次，地点由大家或执事议定。进行改选，修改章程，确定今后的工作和活动。

四、三年举办一次社员新作展览，并争取正式出版或自费印刷作品集。

五、筹集经费。希望各位社员随时出力联系赞助单位，书画作品的提供由各位社员义务分担。所谓"积土成山，风雨兴焉"，我们有了充足的经费，就可以举办各项活动。

六、注意介绍中青年书法篆刻的优秀人才入社，手续按章程规定办。

望大家齐心协力，将我们的书社办好。

一九八七年十二月二十一日

常熟"中国书法史国际学术研讨会"随感

　　由沧浪书社和常熟市书协联合主办的"中国书法史国际学术研讨会"于一九九四年九月十六日至十八日在江苏常熟水月山庄举行并圆满结束。这次会议有几个不寻常处：它是首次由民间社团主办的国际性书法史学术研讨会，标志着我国书法界的民间团体已进入国际学术交流阶段。与以往所有书学研讨会广泛征稿和少数特约相结合不同，凡与会和提交论文的学者均由主办单位特邀，并有意识地约请了长期从事古籍整理、文字学、考古学的专家。因为这些学科对中国书法史的深入研究具有不可低估的作用。特邀征稿书上详细提出要求：论文要附五百字以内的提要，按规定的格式作附注，引文须详注图书版本、卷页，

常熟"中国书法史国际学术研讨会"。一九九四年

论文或论文大纲以及图版幻灯片均按统一格式打印、制作；会议厅配备两架幻灯机以供演讲时使用，体现了书法研究学术规范已逐步健全和完善，与国际上的学术会议逐步接轨。

提交的二十六篇论文中考证性的文章占了大半，其中许多论文体现了作者深厚的功力。除了运用传统的版本学、文字学、训诂学等研究方法外，还结合现代科学理论和方法，包括西方理论。对一件作品、一篇著作、一个术语、一种现象予以考证，这是研究书法史极为重要的方面，也是最基础的工作，为较宏观地研究一个重要书家、一个时代（时期）、一个专题，甚至通史提供正确可靠的依据。

同时，考辨鉴别的研究方法也是研究书法史的学者所必须掌握的手段。如果缺乏这方面的正确依据或研究能力，那么要做宏观的书法史研究，只能是空中楼阁。现在有些从事书法史或理论研究的人认为这些研究是拘泥于细节，并不能改变书法史。这种对考证性研究的偏见，在历史学界看来是十分可笑的。弄清辨正任何一个细节，都是还原真实，能使人们更清楚、正确地了解历史。中国书法史要更全面细致深入地用现代方法进行研究，而不是停留在以往仅仅罗列排比一些金石碑帖、书家书论那种粗略的单线式的书法史研究阶段。那么和其他学科的研究相比，我们还只是在起步阶段。书法史上还有许多空白，我们对许多重要书家、书法现象还缺乏深入、正确的了解，有些前人的观点尚须用科学的方法来重新检讨，所以去踏踏实实做一些基础工作就尤显重要。会议上一些论文充分说明了这一点。例如美国耶鲁大学白谦慎的论文《十七世纪六十、七十年代山西

常熟"中国书法史国际学术研讨会"现场

的学术圈对傅山学术与书法的影响》，从傅山早期的书法作品中找出大量的古体、异体字，说明他染有晚明刻意标新立异、师心自造的习气。（包括黄道周、王铎等都有此习气）山西因特殊的历史地理位置，其时成了来自南北的学者们聚会的地方。明末文人"游谈无根"的浮夸学风逐渐被崇尚朴实、注重实证的学风所取代。傅山受到这个学术圈的影响，在后期创作书法作品时，特别是篆隶作品时，变得比较谨慎起来。傅山关于篆隶在书法艺术中的重要地位的论述，也和当时金石学的研究风气相关。我的论文《论东晋墓志兼及"兰亭论辨"》对出土和见于著录的东晋墓志予以统计分析，指出东晋墓志绝大多数为侨迁到江左的北方士族所设，是作为迁葬祖茔时辨认棺木的记识，所以形制内容简约，一任工匠书刻，字迹粗率。从而解释了西晋、南北朝的墓志为何在形制、文辞和书刻诸方面都要比高度重视书法、并产生了卓越的书法家群体和"二王"这样的大书家的东晋墓

与会者拜谒言子墓道合影。一九九四年

志更精美这一特殊现象。继而指出:二十世纪六十年代由王、谢墓志的出土而引发的"兰亭论辨",郭沫若和赞同郭沫若观点的有些学者,再三将东晋墓志的刻字作为最重要的参照物,来推定"王羲之书法必须有隶书笔意而后可",这是拿工匠的书刻字迹和王羲之新体作比较,方法是不科学的。华东师大沃兴华的论文《隶书名实考——兼论〈兰亭序〉真伪之争中的隶书、章草和草隶问题》,并对"兰亭论辨"双方文章中"隶书""章草"和"草隶"的问题予以重新检讨。

考证性文章由于微观的研究较多,又往往一锤定音,不便于在会上进行讨论。

美国加利福尼亚大学教授石慢建议,以后的书法史研讨会上能不能提出一些"暧昧"的问题,以利大家从各个角度思考、展开讨论,而大多考证性文章可以通过书面进行交流。吉林大学丛文俊的论文是《鸟凤龙虫书合考》,他在论文演讲的二十分钟里，主要介绍了自己的研究过程和方法。在会后，他特邀了几位学者撰写有关方法论的文章，并在《中国书法》杂志上设立专栏，以作系列讨论。

会议在论文演讲结束后进行了座谈。在美国的学术会上，每天或者半天，都留有一定的时间让与会者提问质疑，由各演讲人答辩。在台湾，每篇论文宣讲完后，指定一二位学者予以评论。这样安排，印象会更深刻，效果也会更好。

这次出席会议的有台北故宫博物院朱惠良、台湾彰化师大戴丽卿和美国哈佛大学李慧闻三位女士。香港科技大学的李慧淑女士因身体原因未出席。海外学者参加会议的女性占三分之一。邀请的佛山师大白鸿女士也因身体原因未能到会，故没有大陆的女学者参加。我国书学研究缺乏女性学者，这是十分遗憾的事。

值得一提的是这次会议的会务工作周到而细致，使得会议能在井然有序、严肃活跃的气氛下进行。与会者都是同一个身份，即学者的身份，没有海内海外、职务职称、新老亲疏等区别，吃住待遇一视同仁。会议结束返程时，会务组想方设法为远程者订购卧票，在上海、苏州、无锡中转时均有人接待。现在有些会议往往将与会者分成三六九等，待遇大不一样，会议结束作鸟兽散，致使一些人高高兴兴来，怨气冲天走，大有被利用和愚弄之感。任何机构和团体举办会议和活动，都要平等待人，不亢不卑、相见以诚，把它看成是一个广交朋友的机会，这样才能建立起良好的信誉。

一封旧信

去年北京一位朋友来电话，说起一拍卖会上有我两封信札，一封甚简短，一封有四页纸，内容主要是谈五届全国中青年书法篆刻家作品展的"广西现象"，有史料价值，为一熟人以两千元拍得。该人想要我为其题一斋名，愿意将此信归还给我。我说信是寄给他人的，自己不必拿回收藏了，寄份复印件给我即可。复印件寄来很清晰，是用炭水笔写的，信中我谈了对"广西现象"的看法，观点至今仍旧未变，当时因《中国书法》杂志编辑约稿时间局促，而诸事接踵而来，不及敷衍成文，而今能发表此信，已迟了二十二年。

此信是一九九四年五月三日写给刘正成先生的。他当时任《中国书法》杂志主编，又是中国书法家协会副秘书长，历届全国中青年书法篆刻作品展，他都是主要策划者和组织者。信中提到的刘恒，时任《中国书法》编辑，和我同届毕业于北京大学历史系。我曾应邀担任全国第五届中青年展评委，评审时乍见广西的作品有好多是经染色、打磨、做旧，并盖了许多印章，内容大多抄自《世说新语》，给人的感觉像历经洗裱的晋唐旧帖。中青展一贯提倡创新，这些作品得到了多数评委的赏赏，都投了票，我也是其中之一。当然也有反对的，认为要看其书法，表面的装饰不可取。五届中青年展上，这些"广西小将"（大多只二十岁上下，当时有这样的称呼）的作品入展很多，有一些得了奖，报刊上称之为"广西现象"。但据说在翌年的四届全国展上，这些"广西小将"几乎全军覆灭了。可是从此以后全国性展览上，染色（包括用色纸或用颜色书写）、拼接、乱盖印章等着重于使用书法之外的装饰手段层出不穷，愈演愈烈，是让人始料而不及的，值得反思。附上我致刘正成先生的旧信。

正成兄：

上月底，收到刘恒兄函，讲兄对陈国斌、张羽翔《我们的书法观及形式训练》一文中谈到的"文人书法""文人资格"等观点有异议，并要我对此写篇文章谈谈看法。此文我曾看过，但对这几个观点未多介意。因翌日，我校外办组织为留学生讲课的老师和留学生到千岛湖、富春江旅游四天，我将两份载此文的《书法报》随身带了，休息时又反复细读了两遍。昨天深夜返苏州，今日上午到馆上班，见到陶钧来函，即约写评陈、张之文的稿，须于一二周内寄出，要三千至五千字。如因故不能撰写，要立刻回信，以便另约别人写。兄与刘恒兄皆好友，既有嘱托，自本当效力，想细细思考敷衍成文。因一周前都江堰市政府和张旭光来电报，中国书协培训中心西南片高级班面授定于五月九日——十七日于都江堰举行，要我主讲隶书。函授生将如期集中，自无商量余地，只能奔波一趟，再次入川（去年十一月四届书学会时我曾去都江堰一游），七日动身，十七日返苏。同组去面授的还有曹宝麟、言恭达、黄惇、朱寿友，陶钧那里我就只能复信请他另约人写了。

关于对"广西现象"的看法和对所谓"文人书法""文人

资格"等观点批评，我初步的见解是：

（1）广西一批小青年作品有新形式的创造是好事，比陈陈相因要好。照陈、张文中所述，这些人都原是毫无书法基础的，在他们一套培训教育方法下，短期内取得了大成绩。如果真是如此，这些作品是在接受了他们的艺术思想和训练后，由作者独立自觉创作而成的话，那么这种教学实验可以说是极成功的，这批学生以后在艺术上也会是很有前途的。如果这批学生只是陈、张两人的"皮影、傀儡"，是按他们设计的样稿复制，甚至是冒名代笔的话，那么就是一场骗局和闹剧。这应该从侧面了解清楚，才能作确当的评论。蔡梦霞的作品尺幅很大，章法上极具构思，用笔也是老到的（一些评论的人认为真、行、草夹杂、字板滞等水平不到家的说法是不对的），出于一个二十一岁的女孩真不敢相信，其艺术水平在我看来，远在当前一些成名的书坛巾帼之上。如了解不到底细的话，那么就要看以后这一群体有无新招出来，如重复类似的制作手法，就说明只是"蛤蟆参禅，唯一跳而已"。因为这与风格上的重复是不一样的。

（2）陈、张二人对"文人书法""文人资格"的观点是片面的，将其理想化了，古代文人是将书法作为六艺之一，是余事，是七八等事，是作为一个文人应该掌握的技能，故称"法"而不称"道"。古代通过书法来求"道"的极少，以悟"道"来提高书法的气息境界是有的。古人从事书法艺术与今人略同，除自娱、陶冶性灵外，也时刻想得到社会的承认、公众的赞誉，获名于当代后世，也有佣书鬻字以自养致富，他们也有类似于现代的"展览会"和"出作品集"等宣传形式。民国不已出现过不少个展、联展、书画集？不过大多自费举办的，这是可以从史料、纪闻中找出许多实例的。陈、张二人初出茅庐，连年获奖，目空一切，由于对历史的不熟悉，光凭自己的幻觉想象而立论立说。当今书法热潮是有一些弊病的，但不能由此而完全否定，绝不会因采用了展览等形式而使书法艺术沦为只讲"视觉效果"，只有形式美而无品格内涵。他们的文章还在"待续"，话未讲完。我觉得他们的这些说法是否让它作为"一家之说"而存之，不必组织不少人去开展讨论、批评，大张旗鼓有些不值得，以后可以另写文章将一些问题说明白。不知兄以为如何？此信请转刘恒兄一阅，我不另写信了。

兄以前对旧墨有兴趣，在苏州二百元左右能物色到一些品相较好的清末时旧墨。如兄要，弟可代劳，待以后会面时带上。有便时请告诉一声。不一一，专此即颂

夏绥

弟　人德　顿首

五月三日

编写《书法论文索引》的一万元钱何时能到位，以便组织人员着手编写，又及。

从内容说到装潢

关于书法作品之文句词字的好坏正误，会影响到观赏心理和它的价值，以及展览的评选，这似乎是一个常识性问题。几乎在每次大展的评选时，都会将作品不能出现较明显的文字内容失误这一条写入评选规则中去。有些擅长文史小学的评委也常以挑硬伤为能事，当展览举行和作品集发行后，一些观众和读者也会挑刺并批评作者之疏忽，评委之不认真，甚至无情地指责作者或评委水平太低。记得有一届中青展评选时，有件获奖候选作品写的是王国维《人间词话》，原文引辛弃疾的《青玉案·元夕》词句"众里寻他千百度，回头蓦见（词作"蓦然回首"），那人正在灯火阑珊处"。作者误写"阑珊"为"栅栏"，这是一个大错误。作者曾多次获过奖，这幅作品也写得很好，怎么办？按常例，出了错，当降级处理，如果放在三等奖或入展作品中，都会给作者、评委会留下话柄，于是只好放在入选作品中，只列名，不展出。许多类似的作品一般就淘汰了。曾有少数评委提出过，既然是书法大展，就应以书法本身为主，落款时出现文句不通，某些字多一点、少一画，都无伤大雅，不应影响其获奖或入展，想想这话有一定道理。古代一些名碑法帖中常有别字、错字；一些晋人尺牍，因响拓时择字勾摹，往往文辞不连；王铎临古之作，常裁割数帖以成篇幅，故无法卒读。当然这些都并不损害其书法本身的价值。但是我们细细观赏一件现代人的作品，就像品尝厨师烹饪的肴馔，口味极好，但当你发现碗里有只死苍蝇，一定会令你胃口顿减。字写得再好，文句不通，一些非笔误而出现的错别字，如前面所提到的"栅栏"，不就是碗里的死苍蝇吗？你怎能讲与整幅作品无关呢？有些强调字外功的评委鉴于当前书法作品皆抄录古人诗文，要求评选时对自作诗文予以优惠政策，以资鼓励作者提高文学修养。但要能写出好诗佳篇谈何容易，要熟谙格律、对仗、平仄、韵脚，非花多年精力死记苦练不成，遑论要写出高远的意境了。这方面恐怕比练一手好字更难，与其自作庸劣的诗文，还不如老实地抄抄唐诗宋词，董其昌就常抄录古诗以作应酬。而黄道周则喜欢写自己的诗文给求字者。一日，我在图书馆线装书库中翻阅古籍，见《明漳浦黄忠端公全集》封面上赫然写了这样一行字："说经已迂，诗文皆险僻，因被杀得名耳。"题者署名魄翁。初怒其为妄人，细想也有道理，黄石斋书法腾跃翻覆，如倾江海，我很喜爱，尤其景仰其人格气节，由此更爱其字，石斋以忠烈节义彪炳史册，使书名益彰，诗文非其所长，（关于书家品格学行高下，会影响观赏者情绪，前人所谈已多，不费口舌了）我们生活在现代社会，须学的学科门类太多，不可能再像古人那样埋头于经籍诗文中，有些不擅长的地方可以藏拙。

说文字内容不是书法本身，这句话是成立的，但是它们与书法作品有密切关系，上面已谈过。我们知道，每一件书法作品都须包含三个方面，即用笔、结体和章法。其中章法只是字与字之间的安排，它也不是书法（所写的字）本身。精通西洋美术的弘一大师尝以"七分章法，三分书法"教人，可见一幅作品，其非书法部分所占比重之大。引而伸之，一件书法作品的装潢，这更非书法的部分，也会影响到观赏效果，甚至悬挂场所不同，效果也会不同。如果书斋中作钉壁之玩的小条幅，挂到展厅中就会显得不起眼。现在全国展、中青展的作品愈写愈大，作者就是出于这方面的考虑。多年前，我在北京被邀请去看一个现代派和传统书法合展的展览，传统书法都是一些著名老书家的作品，这些条幅装裱成立轴挂在一边，由于北京天气干燥，绫边都向里卷起，全像病弱者蜷缩在一起。展厅对面墙上，是巨幅的现代派作品，一字排开，都用麻布镶边，裱平在带框的板上，刚走进宏大的展厅，现代派作品就先声夺人，显得气势恢宏。我想，这些作品若不在这么大的展厅中悬挂，未经装潢之前，不就是一团涂洒满墨汁的烂纸

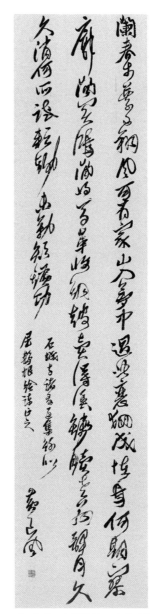

明·黄道周《赠屈静根七言律诗轴》

185

吗？你不要以为只有现代人才讲究装潢和展览效果，其实古人在这方面早已注重了。宋高宗南渡后，内府将访求到的古代法书名画皆重做装裱，裁制、印识、标题，各有尺度成式。最珍贵的法书，用缂丝锦褾，白绫作引首，白玉轴头，檀香木杆，盛放在螺钿漆盒中，其他的也分别等差用锦、绫装裱，白玉、玛瑙、象牙为轴头，比今人豪华多了。晚明和清代书家好写巨幅，也是为适应当时高厅大屋的布置而出现的。这些年各种全国级别的展览，都规定投稿不能装裱，于是作者通过染色、打线框，或用华丽的绢笺，想方设法，争奇斗艳来赢得评委们的眷顾，这就是装潢，是"字外功"的一招。评委们评选作品，除了看书法本身外，当然也会考虑到其他方面的视觉效果，这些有装潢的作品受到了青睐，沾了光，也惹得人们大骂评委皆"好色"。五届中青展时，广西小将们用染色、磨洗、钤盖许多印章等方法，把作品制成像六朝人法书的效果，十分新奇。中青展评选的宗旨之一是鼓励创新，所以广西多件作品得了奖，一时人们称为"广西现象"。过后，据说在一次国展中，他们故伎重演，结果全军覆没。这也是必然和正常的，小将们毕竟年龄小，功力尚浅，借助于这种装潢，第一次是创新，再玩就不新鲜了，并非厚于彼而薄于此也。近几年，丑怪字又成了时髦，年轻人竞相效仿。试想，都去搞丑怪书法，群魔乱舞，成何世界！赶快回头是岸。

二〇〇八·中国苏州（相城）书法史讲坛师生互动时的讲话

书法史研究要复原历史，就是去还原历史，但这一点很难做到，也不可能做到（从理论上来讲不可能），但是我们可以逐渐地接近真实，而不是去戏说历史。有些人往往有这样的看法，说一切历史都是当代史，这从理论上来说是有道理的，但不能以这个为借口去乱说，去自导自演，所以我们求实的学风也是这次讲坛中各位导师反复强调的。因为现在到了电子时代，好多一次文献可能大家不是太重视，往往写文章先在电脑上把关键词一打，各种信息、书籍、材料都会跳出来，但是无论怎么发展，一次文献都没办法摆脱，而这是最基础的。因为二次文献目录索引，三次文献如提要、文摘等可以帮助你很快地搜集到材料。古代有目录学，它是一把治学的钥匙。现在电脑很方便，而古代的老先生没有办法，就是靠多读书，而且还可以发现，他们都做笔记，一有点心得体会就记下来，所以我反复地编笔记书论汇编，这些笔记里有很多古代人的见解、材料，老先生就是通过笔记、大量地看书，知识才越来越广博，如果没有这个作为基础，光是靠目录索引是不行的，你不可能去发现问题。当然艺术类也有它的特点，比如大量的作品，你都要看，都要了解，要到外面去跑，利用一切机会去看。但是现在国内还没有这样的条件，国外往往会提供经费，让一些学者或博士生、硕士生到外面去参观考察。薛龙春就是美国提供的经费，出去一年，让他到各大博物馆、各大图书馆去收集资料，最后写个报告。但是现在国内没有这个条件，你们就要充分利用这些机会。我就有深切的体会，那时候就是被请去写字，说难听一点就是去走穴，但我不是以钱为目的，我要出去看山东各地的碑刻，因为我自己去费用很多，而且找不到地方，甚至当地人也没有留意这些。我是通过当地接待人员提供的车子进行碑刻考察的。所以我提醒大家要把握好每一个时机到各地去看看。如果经济条件许可，可以多待一两天。研究明清的艺术史、书法史，苏州一定要了解。傅申先生就不放过这次机会，他要去看赵宧光的遗迹，我们安排了解那边每一块刻石的人给他做向导。到各地去实地考察是不容易的。以前黄易在山东做官，天气好的时候坐了牛车到处去访碑，也是一种乐趣。在高速公路上开车，上海到南京一个多小时就到了，如果在丹阳不去看看六朝陵墓就可惜了，如果坐的是牛车可能要三天（到南京）。古代的书画船也是这样，这种生活不容易再经历了，人们会觉得太慢了，但现在也错失了很多机会（时间缩短了，路程也缩短了）。大家都知道，历史跟人物都是活生生的。我们要写论文，要把各方面的东西都收集到，就是跟书法无关的都不能放过，可以了解这个人的个性，他跟哪些人交往，经过了哪些地方，他到了那个地方肯定也会受到一些影响。《傅山的世界》我想你们很多人都看过，傅山这个人蛮古怪的，他和周围的邻居关系不好，不是一个圣人，他关在牢里也会请托人，但是他大节不失。他不能像顾炎武那样，顾炎武就不合作，也不受清廷的征辟，当然，他也有三个外甥在清廷做大官，能够保持自己的人格独立，在政治上不跟清朝合作，保持很远距离，甚至他在年轻时还组织过反清活动。这些大家都要关注，还要注意语境，比如当时这句话他是怎样讲出来的。如果断章取义，就会出错，比如傅山的"四宁四毋"，要了解他当时讲的环境和场合。为什么有些人观念前后会不一样，年轻的时候心高气傲，目空一切，到了晚年自己有了深切体会，就会推崇人家了。不能把一个人早年的评论，认为是这人一生的看法。还有地理环境的变化和政治中心、文化中心的转移等因素。比如傅申先生讲的书画船问题，我觉得这是一个非常好的社会现象，恐怕同学们在研究书法史的时候很少会去关注这个，看到也只是作为米芾个人的一种经历、一种生活方式，不知道从宋代以后这个就逐渐风行了，为什么？因为政治中心向东南方向转移了。东南沿海地区水网密布，而且坐船很舒适。唐代就不是这样，贵胄子弟出来不是骑马就是坐车。大家都知道玄奘法师的得意大弟子窥基，就是三辆车跟在他后面，一辆是美女，一辆是书籍，一辆是酒。玄奘法师收他为弟子，叫他出家，答应他出了家也可以有这样的享受。但他一到了寺庙里，听到钟鼓齐鸣，马上开悟了。他是尉迟敬德的侄子，贵胄子弟。那个时候出去，条件好的就是坐车，比骑马要舒服，装的东西又多，但那个时候不会出现书画船，因为在关中，政治中心在长安、洛阳一带，没有这个水系，黄河里不能坐书画船。只有到东南地区才行。在东晋，有些人住在浙东，比如王徽之肯定不是坐书画船去的。我问过，一到剡溪，水会比较急。在波浪、浅滩里颠簸过去也不能写字作画。到了明清就很普遍了，我看明清的很多行乐图里，有些画的就是船上打开了窗户，一个人坐在里面，而且像是正面朝外的，说明船中作画看书在当时是很普遍的。行乐图是一个人活着的时候给他画的肖像，往往画他生活中常出现的场景，有的是在书斋里，有的是在观赏书画或青铜器，像吴大澂的行乐图画的就是在堆满了像旧货摊一样的古董堆里，显示出他的生活状态。如果你去注意这些，就会发现好多可以做的题目。还要注意语义的变迁，例如"隶书"一词的变化就很大，唐代人称隶书就是楷书，就是正书。大家注意有这些情况，也可以帮助你去发现问题、研究问题。

其次是要善于发现问题，做好论文的选题，这个很重要。明年白谦慎教授将以这个为专题来讲。有兴趣的同学明年趁早报名。可能明年还是五十个人，网上有人问怎么人这么少？你知道要供应大家吃住，一个人要几千块钱，现在哪个地方愿意这样做？高校也不可能这样，经费要花在自己老师和学生身上，不会给外校资助，所以不容易的。这次来过的导师如果有好的选题，我们还会再请过来，只要他们愿意。选题还要去看前人有没有做过，现在有电脑，查起来很方便，以前要不断去翻，这个题目做下来是不是重复劳动，还有这个选题有没有创建性的东西。因为现在博士论文的盲审，首先要看有没有创建性，不能光去做前人做过的东西。只要有人提出这个别人早就做过，那么你花一年多的时间就白弄了。

再次就是个案的研究和微观的研究，要从中见到普遍的、规律性的东西，要从一滴水看到大千世界。如果这个个案是有意义的，那么这个个案定论会在书法史研究上有重大意义。比如傅申先生认为《自叙帖》三本都是假的，从书法史上来讲这个观点影响很大。黄惇教授在这次讲座中就反复提到这个问题，这也是对你们研究有意义，占很大的分量。如果就事论事，那么这个书法史上的题材就会做得不深入，有些做出来以后人家也不会太有兴趣，论文也没有什么影响。做研究一定要发现普遍性的、规律性的东西。

最后要注重边缘学科和相关学科的学习和研究，现在的学科交叉很多，我们选的课题也可以不一定和书法创作有太大关系，很多题目都可以去做。比如绘画，研究书法，绘画要懂，绘画上有很多题跋本身就是资料，印章本身就是资料，白谦慎教授专门列了这样的一条。现在考古方面太重要了，尤其研究早期的书法史，先秦、秦汉、魏晋，这和文物的出土关系非常紧密，发现一块碑刻，就发现一个重大的问题，会有一种新的书体风行起来。万历时候发现了《曹全碑》，《曹全碑》当时得到了许多金石学家的关注，顾炎武、傅山都很重视这块东西，顾炎武还再三托人把《曹全碑》的拓片寄给他。还有郑簠，他就学《曹全碑》，他在当时影响了一批人。"二爨"，大概在嘉庆时候就发现了，发现以后也就风行起来。《爨龙颜》和《爨宝子》风格不一样，只要带两张拓片到北京琉璃厂去卖掉，来回的盘缠就够了，说明当时这个东西很稀罕，大家都要收藏，跟当时碑学的兴起也很有关系。里耶秦简、青川木牍，这些东西的出土把隶书出现的时间往前推了，我们也能看到秦隶的一些面目。我来之前看到中央十套《探索与发现》介绍里耶秦简，有些东西很奇怪，在一口井里面先发现两枚楚简在上面，楚简比秦简早，按照张朋川教授讲的地层学的关系，早的应在下面，但是这两枚楚简在上面，以为底下没什么，后来发现挖出来三千七百支秦简，超过了所有发现的先秦竹简的数量。拿出来了以后颜色马上就褪掉了，发黄，后来通过配制药水，重新浸泡，现在又把它重新收藏起来，全部拍照。长沙的走马楼吴简也是在井里面发现的，南方有好多东西大部分都是藏在井里或是在水里才没有腐烂，这个机会非常难遇到，不是偶然的情况下，拿先进的仪器都探测不到。前天我还看到周代的一个大墓，挖出来三十多具棺材，里面的女性殉葬没有什么首饰，所以有人认为是当时织丝织品的女工。上面的图案、织的工艺现在都达不到，讲出来都让人难以相信，周代距今两千多年，要不是考古发现，我们还不知道。发掘出来后历史要重新改写，丝绸史肯定也要改写了。商代的几次迁都也是和洪水有关，说不定当时也有文字记载的东西，但是大水来了以后，这些都被大水冲走了，说不定那时候也有人在丝织品上面写字，甲骨文中就有"蚕"字，传说中养蚕是嫘祖发明的，黄帝的元妃也养蚕。我们看不到，但不能说商代没有，收藏史也可以研究，明清时期江南地区的收藏还没有人研究，即使研究了，大部分是从其他角度。当然也可以你做你的，这样也可以发现许多东西。还有结社雅集，《西园雅集图》里面就有写字，后来的雅集多得很，顾阿瑛、倪云林，还有许多收藏家也经常请书画家到家里去，我的祖宗华夏是真赏斋的主人，和文徵明父子非常好，文徵明给他画过两三张画，写过《春草轩记》，他的《春草轩记》是用隶书写的，而且文徵明对他的隶书是最得意的。这个都值得研究。结社，像近代苏州，民国时就有几十个社团，现在印社、书社也慢慢多起来，印社很多，书社很少，你们可以研究。只要和书法搭点界，黄教授不会拦住你说不能做。可能在十年以前不能做，那时候我编笔记书论汇编，当时的出版社负责人说："你只能在书论上收，书法史的不要。"所以同样一本书有很多材料就不收了，如果我续编下去，书法史的材料也要放进去。（黄惇："这个分得开吗？滑稽的话嘛！"）就是啊！因为当时人的脑袋是这样，如果你参加十年前、十五年前的书学讨论会，写了收藏史，说不定在初选的时候就淘汰了，写得再好也不会收进去。还有断代，比如《中国书法史》七卷本，元明是连在一起没有出现这个问题，有些人按时代分，明代是一个整体，但不知道书法史重要的区分不是以朱元璋来划分的。张朋川教授也同意我的观点，以正德、嘉靖那个时候的书画走向市场，出现了吴门画派、吴门书派。市民阶层的地位上升了，苏舜钦做假（怀素《自叙帖》）不是商业目的，他不愁吃、不愁用，他是另外的目的，也许是玩玩，或者是出于考虑几房子弟的目的，大家要分一本分不均匀，我来影写一下，大家留一个东西在家。就像告身，上面发下来只有一份，那么还得去找一个书法家重新写几份，大家各房都弄一份。但是到商业造假就厉害了，沈周和文徵明、唐伯虎的粉本，早晨刚打好，下午苏州山塘街就有东西卖出来，这个是夸张的说法，那个时候苏州片子就是商业造假。一些画谱上面都要用"唐居士""南京解元"这些图章盖在上面。后来的画谱，还有木刻的法帖非常多，都跟商业有关，这个都可以去仔细地研究。晚明到什么时候结束？到弘光结束？到南明结束就算是明代结束了？其实晚明的研究要到康熙二十二年，为什么？当时结束晚明文化的代表是汤斌，河南人汤斌到苏州来做江苏巡抚，他感到苏州的风俗太奢靡，就下了一条禁令，不能刻戏曲小说的书，刻书刻这些淫词小说的，马上销毁还不算，还要罚刻十三经一部。妇女到和尚庙里去烧香，要叫和尚背出庙门。妇女不能随便出来到处逛，招摇过市。他下了禁令以后，苏州的风俗一下子就全变了，后来康熙皇帝根据他的奏章就下诏令全国各地都照这样做。所以苏州在清军打进来的时候没有抵抗，这没有改变苏州人的生活，他们还是照样花天酒地过。研究晚明的历史至少要研究苏州，张朋川老师的博士生做有关苏州明代工艺美术史的学位论文，只做到明代结束，我跟她说你要往后做，要做到清代康熙二十三年。所以历史不是断代，不是一刀切的。有时候一条法律下来会改变整个历史。为什么嘉庆盐法改变后扬州很快就衰落了，扬州八怪也到那时候断了脉？为什么明代后期的时候有这么多收藏家出来？这和一条鞭法有关，有了钱不能买田，买了田，租税非常多，投资在买田上收不到利益。书画本身也是一个投资的地方，项子京每买进一样东西花了多少银子都要写在题跋里面，这些东西都有待发现。所以角度要广，要和相关学科联系，要去了解一下历代书画的价值，太平的时候怎么样，乱世的时候怎么样。江阴顾山有一个收藏家，他收了一本王羲之的摹本帖，当时不知道是摹本帖，叫文徵明帮他估价，文徵明说不好估，实在要估，上面每一个字一两黄金，上面宋贤的题跋一两银子一个题跋，这样算下来要三百多两银子，因为那个时候银子也很值钱，过了不久那个人的子孙（把它）卖掉了，换成三百石米。这个都是材料，我们可以按米价作为标准。因为钱在各个时期的价值不一样，在荒年、丰年不一样，朝代的初期和晚期不一样，但米价或丝价可以作为标准来算。这个题目如果有人去做我觉得也非常有意思。王仲荦的《金泥玉屑》就是讲各个东西的价钱，这本书也是很好的材料。还有书画上面的称谓，都可以去研究。你看到"风斋大人"，就应该知道是黄惇教授（讲笑话），就可以查一下《称谓录》，称谓往往各个时代也不一样。

我对金石拓片题跋的见解和经验

我在青年时，曾师从王师能父先生练习在书画上题款数载，初知规矩款式。后入京师上庠，问学四年，见图书馆所藏金石拓本，时有名家题识眉批，朱黛犁然赏心悦目，发人远想。到中年时，各地文物古迹陆续受到重视，碑刻画像，传拓流播，常有齐鲁豫徐等地朋友持拓片索题。凡石刻，古代皆重有文字者，无文字者则弃之不顾。汉画像奇拙诡异，初见即感觉大有意趣，而有文字者不足十分之一。其中常见者有宴饮博戏、殿宇车马、珍禽异兽等。某日，有友持长卷拓本两份来，长数丈，为河南永城所出，展之尽为怪兽，细辨皆不可指认，卷下端留白，嘱为之题。反复思考而无从下笔，搁之数月，移录屈原《天问》整篇应付，竟大获赞赏。六博投壶与斗鸡走狗、杂技蹴鞠为战国至南北朝流行之娱乐游戏，常在宴饮结束对局，唐以后渐失传。汉人诗文辞赋中每有提及，故凡见以宴飨、六博、歌舞之类画像拓片，皆摘录题之。渐渐发现两汉六朝画像砖、石拓片配以同时期诗文辞赋，可以启发观赏者想象空间，而这空间因时间久远，或多或少已被隐没和遗忘。这些画像内容有圣贤图像、历史故事、神话传说、祥禽瑞兽，以及在世与身后的追求愿望。这些内容也往往是当时文学创作的题材，图文相配，若合一契，相辅相成，能起到点铁成金的效果。

不久，又先后得北魏释迦牟尼本生故事造像、巩县石窟寺飞天造像等拓片，更于美国大都会博物馆见洛阳龙门《帝后礼

华人德在大都会博物馆龙门石窟《帝后礼佛图》浮雕前留影。一九九九年

佛图》浮雕，庄严妙善，至精至美，礼敬瞻仰，欢喜踊跃。佛教传入时，于天竺"得佛经《四十二章》及释迦立像"，"自洛中构白马寺，盛饰佛图，画迹甚妙，为四方式"（见《魏书·释老志》）。雕造佛像、译经写经，是佛教弘法的重要方式。汉魏以后，塔寺石窟遍于州郡。石像、壁画，所雕造绘制者，往往以佛经内容为本。佛经则是释迦牟尼佛说法的记录。所以佛教造像拓片的题跋以抄写佛经，包括《华严经》偈颂弘一法师集联、历代高僧相关语录等，都是最合适的，会达到星月相辉、水乳交融的效果。自从在佛教造像拓片上题跋后，本人就遵循这种形式。题写时平心静气，凝神端坐，融书写与修习为一体，陶冶性灵，以道自娱。

多年来，我在金石拓片题跋方面略有经验和体会，现作此文以供这方面的爱好者观赏、收藏或创作作参考。

一、先要了解图像、文字性质，然后选用合适字体题写

金石拓片题跋，无论拓片是文字还是图像，都要以拓片为主，题跋为宾、为辅，题跋须为拓片文字或图像服务，不可倒置。文字有疑，不知则阙，勿任己意而改作。字体使用，体现尊卑，愈古愈尊，篆、隶、真、行、草，先后有序。《说文解字》载："秦书有八体，曰大篆、小篆、刻符、虫书、摹印、署书、殳书、隶书。"大、小篆为字体名称，刻符、虫书、摹印、署书、殳书皆有所专用，而属于篆书范畴。隶书为篆之捷也，自秦时已行于文书，用笔方折，渐生波磔，至汉代已成为日常使用的字体。"《汉制度》：封诸侯王之策书为编简，其制长二尺，短者半之，篆书，起年月日，称皇帝。三公以罪免亦赐策书，而以隶书，用尺一木，两行，惟以此为异也。"（见李贤注《后汉书·光武帝纪》）可见篆尊而隶卑也。汉以后虽日用书写已不作篆、隶，而用真、行、草书，然碑额、志盖皆用篆书，偶亦用隶书或真书。六朝隋唐佛教写经，常见经名题署以隶书，而经文抄写皆真书。律、论则多有用行、草书者。可见篆、隶、真书尊于行、草者也。字体伦次有序，自古以来沿袭已久，不要随意颠倒。

所拓器物之年代与题写字体的产生、日常使用之时代都应了解，然后选择合适字体。例如商周鼎彝可用金文或小篆，两汉碑刻宜用八分。而北朝、隋、唐佛及菩萨造像，亦宜用篆、隶，以示敬重。秦汉瓦当、砖文，皆建筑饰物，虽古物而轻贱者也，若以篆书题识，则有乖爽感觉，而以隶书以下各体题写，颇相契也。草书作题跋皆不宜，难识且缭乱不协。

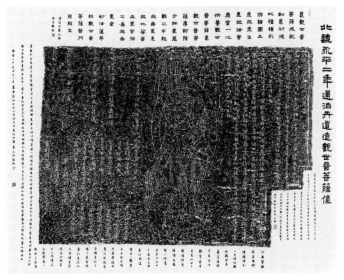

华人德《北魏永平二年通治丹道造观世音菩萨像题拓》

二、确定题写内容之类别和视角

前人题写拓本，不外著录、记事、考订、赏析、题咏。亦可补配古诗文。题跋补配古诗文，前人似乎无此形式，应是新创，当另作论述。

著录为器物制作，刻、立及出土时地，材质，大小尺寸，收藏流传等客观记录；也有的对拓本进行著录。有文字的还可录文，如果是有铭文的商周器物，释文也包括在著录内。

记事为器物、拓本相关事件的记录，可以是亲历或所见所闻。如《华人德金石拓片题跋作品集》的《北魏永平二年通治丹道造观世音菩萨像》拓片中有则题跋即记椎拓过程之所闻。《西汉阳关遗址双鱼纹陶鼎盖》拓片题跋则是记录本人自天水麦积山至敦煌阳关作丝路礼佛之行的全过程，是亲历。

华人德《西汉阳关遗址所出双鱼纹陶鼎盖题拓》

考订为对名物制度、文字释读、职官地理等提出自己的见解，所谓"辨章学术、考镜源流"，最见功力。

赏析艺术造型，前人往往不屑多言，点到为止。而今人题跋，常看图作文，易流于虚浮，终觉浅近。

题咏为前人擅长，故于金石书画题跋中最多见。题咏内容，大抵不出上述各类，只是取诗歌之形式，然时见隽语妙境。如《西汉上林三官上杠五铢钱范》朱拓题跋中录有吾乡前辈张寿平先生（号缦盦）诗二首，一为《题上林三官上杠五铢钱范诗》，云："且听老僧真实语，圆圆色相莫教迷。世间不尽痴人梦，原是长安一片泥。"二为《上林三官钱诗》，云："闻道未央春色尽，佳人魂魄尚姗姗。当时遗物今何有？一品上林初铸钱。"二诗甚富哲理。张先生为著名收藏家，尤精于钱币、钟表研究。曾从龙榆生、钱仲联、吕贞白诸先生治词章之学，能一夜成诗词百首。一九九八年本人首次赴台湾，承张先生相陪多日，并赠大著数种，其中有《中国历代钱币题识》一册，收古钱币一百四十九目，拓影一千四百三十品，有其题诗二百五十二首。

三、金石拓片补配古诗文

唐代以前即有传拓之法，用以保存和流传经籍文字及书法真影，可研读或临习观赏。清代金石学复兴，学者文人喜爱搜集收藏金石拓片，成为风尚，对于椎拓技术和纸墨品质之要求也愈来愈高。道光以后，出现了全形拓，渐渐流行，掌握此技法之拓手，精益求精。晚清到民初，金石全形拓、模印吉语之秦砖汉瓦拓片装裱成屏条、立轴甚至中堂，皆可悬挂布置于厅堂斋室。三代青铜器全形拓往往由画家补配折枝花卉或文房雅玩以成博古、清供图，当然也可在拓片上题咏记事。于是产生了一种包含金石、摹拓、绘画、书法甚至文学、历史等元素之艺术品，深受官宦、文人喜欢。书写内容以自作诗文固佳，可以展现作者之才学修养，然所题咏者乃千年以前古物，其时之社会环境、风土习俗、使用器具、思想观念、文化语言等皆模糊生疏，故所作诗文总觉隔阂。而同时代古诗文，状物叙事，抒发情感，遣词造句当更真实细致，恰切妥帖，气息相通。如《华人德金石拓片题跋作品集》中的《东汉驷马不进画像砖题拓》，有人命名为《安车出行图》，细看画像发觉不对，车前四匹马兀立不行，而车上二人在举策抽打，再前面有一昂首大马横绝而过。记得西汉王褒有篇为宣帝而作之《圣主得贤臣颂》，其

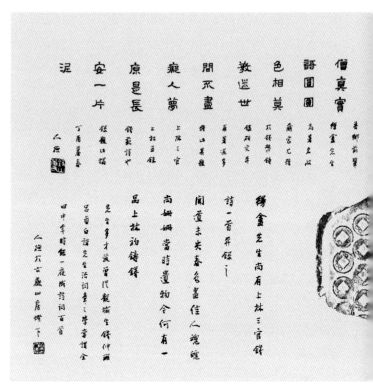

华人德《西汉上林三官上杠五铢泉范题拓》

中引喻："庸人之御驽马，亦伤吻敝策而不进于行，匈喘肤汗，人极马倦。"云云。而其前之骏马，即文中所描述之"啮膝"或"乘旦"。王褒善辞赋，文句甚美，此颂讽赞之旨为"圣主必待贤臣而弘功业，俊士亦俟明主以显其德"。故节录其文，与画像对照，犹如合符，不必更加论说。《华人德金石拓片题跋作品集》中唯一同拓片而因篇幅不同作两题者为《南朝丽人游春画像砖》。此砖出土于河南邓县，现藏国家博物馆。由傅大卣数十年前所拓。拓片甚珍贵，篇幅大小不一。一幅四周留

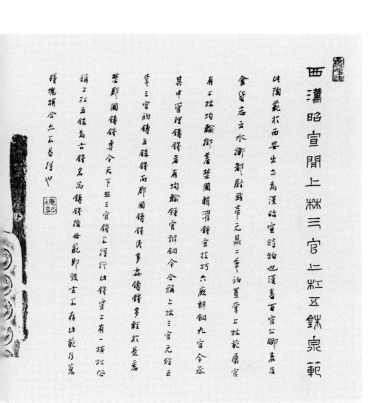

白较少，上部题"南朝丽人游春画像砖"隶书，先破题。右边为《礼器碑》字集联，意思与画像也相契。左边录南朝梁江淹《美人游春诗》，诗与画像丝丝相扣，所书时间正值暮春三月，行书，下边是砖与拓片简单著录，行书，以求章法平衡。另一幅篇幅较大，砖拓偏上部，周边空地较少。下部是大篇空白，专为题跋所留。画像砖名称如题在砖上端，会显局促，故用小隶书题于砖右边，左边用小行书简单著录，以求平衡。如在下边空白处仍题江淹诗，因诗短，字必大，会有喧宾夺主之感，字不能

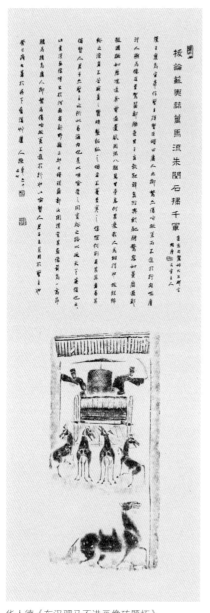

华人德《东汉驷马不进画像砖题拓》

超过题砖名之隶书，故选录晋宋时《子夜吴歌》中《春歌》九首。此原为民歌，经文人润色，内容与画像砖主题也相协，所写行书书风亦如轻衣缓带。

题跋者能谙诵古诗文，或能熟悉检索门径去寻找合适之诗文典故，就须下功夫多读古书、多掌握方法。"山中一夜雨，树杪百重泉"，自会取用不尽。

四、佛教题材拓片的题写

近十多年来，南北朝、隋、唐时期佛及菩萨像传拓流通甚多。该时期佛教艺术最为辉煌，

华人德《南朝丽人游春画像砖题拓》

法相庄严精美，信仰者欢喜供养，以为护念，若旁题经咒偈颂，更利勤修众善。佛、菩萨像拓片四周，以题写经文，或其中的偈颂、咒语最为合适。题写时须恭敬虔诚，平和恬静。以隶、楷书最得体，行楷亦可，不宜草书。心情烦躁或时间匆迫不写，以免错漏潦草。佛像肖形印所钤部位不宜随意，以盖在佛经经名或赞偈起首处最妥善，经名之上不宜冠有他字。弘一法师集辑三种不同译本《华严经》偈颂共三百联，并于前言中诫语后贤书写者，如何题写经名及诸品格式，目的是昭其敬重。是书名《弘一大师书华严集联》，上海书画出版社一九八九年出版。不妨找到详阅，以感受法师谆谆之教。

凡原造像刻石年代、出土时地、收藏者等客观著录及造像记文字残泐模糊需释读考证，或艺术风格之分析等，当然也可作为题跋内容，应择拓片次要部位题写，如左边或下边等处。文句不可轻慢谐谑，以涉亵渎。若得相同拓片多幅，题跋内容

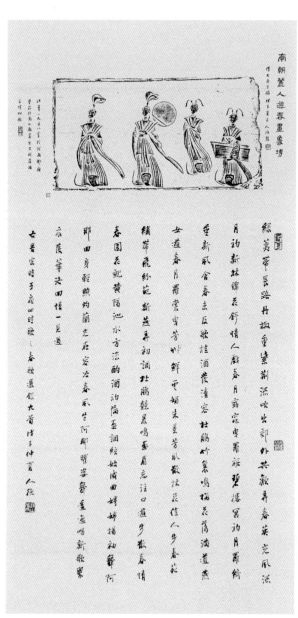

华人德《南朝丽人游春画像砖题拓》

华人德《锡山华氏孝祖祠重修碑记》

207

週軍誕屉三足第又將繹云先生舊藏文物三百十三件捐贈無錫博物館其中宋元以來名家書畫碑帖拓片古籍善本家族文獻等皆異常珍貴日軍侵華時為防四文物燬失繹之先生曾祖車冒獻擠沿途轟炸之陰親護運云上海租界存放十年檔又隨身攜註台灣幸免於兩次浩劫由三子秉承其遺訓田帰鄉邦之俗仲厚先生即居美國佛羅里達養老院今年三月百歳壽辰余曾郵快遞手書壽屏祝諽七月十七日無疾而終叔和先生六於五月古世尊年九十四兩平先生巳年過八旬續繼足之志以舊口舊宅壽逹及父紀念館嗚呼仲厚三足弟堂非古之仁孝者乎可嗇氏之則也為之記丙申歳寒人徳

华人德《锡山华氏孝祖祠重修碑记题跋》

吾錫惠山東麓昔邑之右姓所建祠宇以奉祀祖宗或歷朝名人近數十年

來孝廬節壽等傳統德操皆淪替而祠廟祭享之事六復廢屋宇或荒穢毀圯

或改作他用至擴爲居正陸葬闢放其地祠堂尚存者百餘所公元一九八八年秋同宗

仲廔抑兄弟牽親屬自海外回鄉謁吾祖祠見已非幼時印象面目幸存之

享堂猶有四壁皆愴惻動懷憶及其父輝之先生曾有囑附祠堂保養有趙爾

菁後輩之手詩其重歷八年方竣重備孝祖祠記記其始末不備述是碑仲廔

以蔞臺之丰詩其重歷八年方竣重備孝祖祠記記其始末不備述是碑仲廔

先生囑余書丹刻於貞珉存之祖祠故擇吉日薰沐而書至今已十載矣其前後

先生囑余書丹刻於貞珉存之祖祠故擇吉日薰沐而書至今已十載矣其前後

形式可以不避重复，犹如日夕抄经，以为修持，亦是崇衷像教，惜护金石之善举也。

《华人德金石拓片题跋作品集》共收本人金石拓片题跋作品八十二件，皆六十一岁至七十岁十年间所作（第二件作品"丙申"笔误"丙午"）。以器物材质分有：甲骨、金、石、陶等。以类型分有：甲骨刻辞，铜器（卣、簠、镫、洗、弩机、镜），玉（佩），石（刻石、碑、志、画像石、地券、造像、摩崖、石椁），陶（鼎、钱范、镜范、善业泥、瓦当、砖）。其中有的有文字，有的无文字，仅有雕像或画像。以朝代分，则商代至现代，大多集中在两汉、南北朝，许多朝代缺。如按上述分类标准排列，检索并不便利，而徒增纷乱。作品中与佛教相关者有二十五件，几乎占三分之一，数量最多，也是倾注心血最多的题跋作品，当然更出于崇敬，将这些作品列于作品集前面，按佛、菩萨、弟子、飞天、比丘、供养人次序排列，殿后是柳公权书"大中国清之寺"摩崖。然后按甲骨、铜器、玉器、刻石、碑、志（包括地券）、画像石、陶鼎、钱范、镜范、瓦当、砖次序排列。最末是本人六十岁元日书丹《锡山华氏孝祖祠重修碑记》拓片及七十岁时的题跋。

中国石刻文献的种类及其演变

以石为载体的文献形式是人类最古老的文献形式之一。古埃及早在第四王朝时即有方尖碑。公元前十八世纪由古巴比伦国王汉穆拉比颁布的《汉穆拉比法典》，也是用楔形文字将二百八十二条有关诉讼手续、财产权、损害赔偿、租佃关系、债权债务、婚姻继承及奴隶买卖等内容刻在玄武岩石柱上的一部世界最早的法典。我国作为世界最早的文明古国之一，石刻文献不仅起源较早，而且种类之繁举世无双。

据现代考古发现，商代刻石有河南安阳殷墟妇好墓中出土的一玉戈、一石磬及一石牛，均刻有字。另一大墓中出土的

石鼓文"吾车"鼓

秦·《琅玡台刻石》

石簋断耳上也刻有十二字。江西清江吴城遗址还出土了大量石刻文字，其时间相当于商代。这是我国目前发现的最早石刻文字，时间均在公元前十三世纪。

唐初在陕西天兴三畤原发现了战国秦国刻有文字的十枚鼓形石，每石刻四言诗一首，内容为歌颂秦国国君游猎情形，共六百多字，字体为大篆，称之为《石鼓文》，一称《猎碣》。这是我国现存最早的大型石刻文献。先秦的刻石还有河北平山发现的战国时中山国的《公乘守丘刻石》，秦国的《诅楚文》，原物已佚，仅存摹刻本。我国南方地区还存有一些少数民族早期文字的摩崖刻石。

秦始皇统一六国后，巡游天下，先后在沿海地区的峄山、泰山、琅玡台、之罘、之罘东观、碣石、会稽等地立石刻辞，以颂秦德。

西汉至新莽二百余年间，有纪念性质的《群臣上寿刻石》《五凤二年刻石》，有建筑用石《鲁北陛石题字》《广陵王中殿石题字》

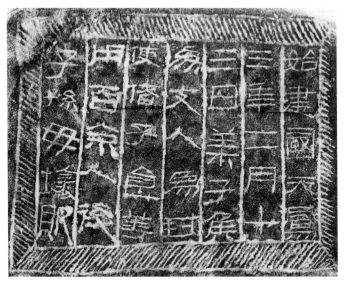

西汉·《莱子侯刻石》

《鲁孝王陵塞石》《徐州小龟山汉墓塞石》，有墓前所立《麃孝禹刻石》《居摄二坟坛刻石》，有买地封冢的《杨量买山地记》《莱子侯刻石》，在墓室内的《冯孺久墓室题记》《襄盗刻石》，有划分界域的《连云港界域刻石》，刻于石兽的《霍去病墓石题字》等。这一时期的刻石类别很杂，形制也不固定，字数较少，石质粗砺，书写不注重款式，一任自然，刻工粗率，锥凿而成，能表现笔意者较少，说明西汉时期刻石尚在初级阶段。

东汉以前还没有出现碑志，后世金石家以秦峄山、琅玡台、会稽等刻石中皆有"刻于金石""请刻此石"语，故将东汉以前石刻文字概称之为"刻石"。

到了东汉，由于统治者提倡名节孝道，崇扬儒学，私学授受经学更为兴盛。中后期地主士大夫、外戚和宦官等集团之间的斗争日益尖锐，社会上树碑立石、崇丧厚葬蔚为风气，使得各种碑刻门类几乎齐全。佛教在明帝时刚传入，影响尚不大，故除南北朝因佛教的兴灭而产生的造像记和佛教刻经尚未有之外，诸如碑碣、墓志、摩崖、石阙、石经以及其他类型杂刻皆已大备，碑刻的数量多得难以估计。其中尤以山东、河南、四川等地为盛。魏文帝曹丕在洛阳天渊池建九华殿，殿基全是用洛阳一带故碑累叠起来的。[1] 以后历代兵燹灾厄、造桥筑路、牧竖毁损、亡佚镵灭又不知凡几，而今考古从地下不断有所发现，存世两汉碑刻原石或碑刻已毁佚而拓本幸存者，共约有四百余种，其中绝大多数是东汉碑刻，主要集中于桓帝、灵帝时期，可以想见当时之盛。

后世因政治、经济、文化、宗教、习俗等变化，影响到碑刻种类的孳生、演变以及数量上的增减变化，但石刻文献的大致类别，在东汉时已基本具备，现分类论述其产生、形制演变以及其他有关情况：

一、碑碣

碑，古代本是竖立在墓圹前后或两边的大木，两碑之间有辘轳，引棺的绳索——"绋"绕在辘轳上，将棺柩徐徐下入圹中。一九八六年于陕西凤翔境内发掘清理完毕的秦公大墓内，在土圹南北两侧各有一木柱，即是碑。后来将碑改为石制，上面刻字，记述墓主生平事迹。

---

[1] 王国维《水经注校》卷十六《谷水》，上海人民出版社，一九八四年版，第五三三页。

东汉时的碑，有一类如琬圭形者，圆首，正中或偏上方有一圆孔，名曰"穿"，其上部往往刻数道弧形凹痕，称作"晕"。"穿"意味着引綍下棺装辘轳用，而"晕"则意味着绳索在碑上磨勒出的痕迹，以存古制。还有一类如圭形，尖首，也有"穿"，是立于宫室宗庙的碑。《仪记·聘礼》郑玄注云："宫必有碑，所以识日景，引阴阳也。凡碑引物者，宗庙则丽牲焉，以取毛血。其材，宫庙以石，窆用木。"宫室的碑用以测日影，以知季节时辰；而宗庙之碑则以系屠宰前的牺牲。典型的汉碑有碑额，在碑正上方，上面刻碑名题署，字体有篆书也有隶书。"穿"在碑额上，或在额下。碑之正面称碑阳，背面称碑阴，两侧称碑侧。碑下有座，以起稳固作用，称为趺，趺多作长方形。前人以为碑要到南北朝时才作螭首龟趺，其实汉《王舍人碑》和《樊敏碑》均作螭首龟趺，可见其制始自东汉。汉碑较朴素，大多不加纹饰。这种典型的碑式在东汉早期尚未有发现。

汉碑碑阳一般刻正文，记事颂德，如《乙瑛碑》《礼器碑》等。墓碑列墓主名讳、里贯、履历，叙述事迹多加夸饰。碑文末尾常系四字一句的铭辞。正文如碑阳刻不下，则连续刻于碑阴。当时的人在生前死后皆可立碑，立碑者除子女外，还有门生、故吏。碑阴一般列门生故吏姓名及出钱数目，如《孔宙碑》《张迁碑》等，碑阴写不下有写于碑侧者，如《礼器碑》。非门生故吏而出钱者，谓之义士。

东汉献帝建安十年（二〇五），曹操以天下凋敝，下令不得厚葬，又禁立碑。以后魏文帝曹丕下过"薄葬诏"，高贵乡公曹髦、晋武帝司马炎及东晋义熙年间（四〇五—四一八）

和南朝梁天监六年（五〇七）都有禁碑令。故自东汉末至南朝立碑极少。北朝无碑禁，尤其北魏孝文帝迁都洛阳后，更是鼓励王公大臣设立碑志。只是中原多战乱，故隋唐以前的碑存世甚少。

唐代"丧葬令"曾有规定，五品以上官员墓前可立碑，七品以上官员墓前立碣。碑与碣的区别是：碑为方顶，碣为圆顶。

自有碑铭以来，一些大手笔常被请为撰文，如汉代蔡邕、东晋孙绰。至南朝，王公百僚的碑志甚至由皇帝、太子及大臣亲自撰制，史乘文集皆有记载。梁朝安成康王萧秀死后，得到梁武帝的诏许在墓前立碑，萧秀门下的文人王僧孺、陆倕、刘孝绰、裴子野各为制碑文，因难分优劣，四碑同竖立在神道。由于立碑的目的是为了使碑主的事迹、功德传于后世，故汉代碑铭体例大多不列撰书者，只有少数例外，如《华山庙碑》《樊敏碑》等有书者之名，而刊刻造作的石工的名字却常常隶于碑末，这是受当时物勒工名的影响。唐初开始，在碑上列撰书者职衔姓名的逐渐多了起来，至开元以后，碑铭必有撰书者。韩愈为文，必索润笔，一字之价，辇金如山；书法家李邕书碑所得酬金巨万；柳公权书法名闻天下，子孙若不能请得其为先人书碑，被视为不孝。所以唐宋以后看碑铭，不重所葬之人，而重撰文、书写之人。宋代以后，记叙功德事迹的神道碑渐渐减少，而墓志铭的设置则变得极为普遍了。

隋唐以后，寺庙宫观、园林官廨、学堂书院凡兴建修葺，必立碑以志之。又因汉族与少数民族融合以及中外交流，各地有许多少数民族文字或外国文字的碑刻，如陕西长安、户县、华阴、郃阳等地都有蒙汉合文碑，大荔有回文碑，甘肃、宁夏有西夏文碑刻，辽宁、吉林、黑龙江等地有女真文碑刻等等，清代留下的满汉文碑刻和满汉蒙藏四种文字合刻碑刻更是遍布各地。著名的唐代《大秦景教流行中国碑》附有古叙利亚文和希腊纪元。其他还有一些墓志、经幢也有用外国文字刻的。这些都是研究我国民族融合的历史、少数民族古代文字以及中外交流史的珍贵文献资料。

明代中后期，工商业十分发达，开始出现资本主义萌芽。明清至民国在一些工商业发达地区，各工商行业、局馆堂所纷纷刊刻碑记，以立规约。官府也常将谕示禁令以碑刻的形式立于衙场市井，为保永存。这些石刻文献是研究明清和近代社会经济史的重要资料。这类碑刻以江南地区的南京、苏州、上海、杭州一带以及北京、广州等地最为繁多集中。

二、墓志

墓志，是将墓主姓名，有的还附有爵里、卒葬年月、生平事迹及其他有关内容，写刻于砖石（后世也有以木、瓷等为载体者）而设置圹中者。早期的墓志形式和名称都不固定，有葬砖、墓记、墓碑、墓表、柩（椁）铭、墓室题记、神座等，直到南北朝时期，墓志才发展为单设方形或扁（长）方形，尤其是北魏孝文帝迁都到洛阳后，设立墓志的风气大盛，墓志也做成盖、志两石相合的形式，并已有墓志或墓志铭这一正式名称，遂为永制。宋元以后亦有称墓志为圹志、埋铭的。

形成在墓中设志的原因是多方面的。一是迁葬时可以辨

北魏·《元桢墓志》（局部）

认棺木骸骨，这类墓志内容简单，只是起一标识作用。二是西晋因碑禁森严不能立碑，故大多做成小型的碑（也有简化成长方形）直立于墓中，文辞也与东汉墓碑相同。三是为了防止陵谷变迁、丘陇难识。四是防偶被后人误发坟墓，以便重新掩埋，可保护坟墓。这是魏晋南北朝以后设志者的心理。唐宋间墓志志文多详叙氏族经历，繁琐冗长，尤以宋代为甚。公卿大臣之墓往往碑志皆设，一在地表，一在圹中，内容文辞大致相同。宋代以后，神道碑较少，而墓志的设立极为普遍。据对一九四九年后出土的墓志统计，"明清墓志中属于农村中小地主、商人与一般文人的墓志比例增多。反映农村社会的思想、经济、文化状况，是这些墓志中普遍存在的特点"[2]。明代唐顺之曾讥笑过当时设置墓志之滥，云："近日屠沽细人，有一碗饭吃，其死后必有一篇墓志，此亦流俗之最可笑者。"[3] 明代以前"无殊才异德"的平民庶人，

[2] 赵超等撰《新中国出土墓志·河南》（壹），文物出版社。
[3] 清赵翼《陔馀丛考》卷三十二，《碑表志铭之别》。

其墓志仅能记姓名、里贯、父祖、姻媾而已，到明代中后期，那些为士大夫不屑一顾的市井小人居然也要铺事摛辞，作起长篇墓志，说明市民阶层的地位越显重要了。

僧侣死后多火化，建塔以葬骨灰，往往设立塔铭、舍利铭。设于地表的则同碑，埋于地下的则同墓志。

墓志和碑是石刻文献中数量最多的两类。《北京图书馆藏墓志拓片目录》共收墓志拓片四千六百三十八种，主要是唐代以前的墓志，且释氏塔铭、舍利铭等尚未收。这些仅是历代出土墓志中的一小部分。有人统计过，一九四九年前洛阳一地被盗发的墓志总数约在五千方以上，[4] 可见墓志数量之多。

三、摩崖

摩崖，是指在天然崖石上所刻的文字。有时崖岩需加凿磨整治，然后再刻字。可以想象，摩崖应是各类刻石中最先出现的一种。贵州的红崖刻石，福建各地一些山崖上所刻的所谓"仙篆"，皆无法释读，应是先秦南方少数民族所刻的原始图像文字。

东汉时因战争胜利，宣扬威德，或兴修栈道，纪念功绩，往往在边塞隘口、工程艰险处断崖绝壁之上刻辞记颂。前者如《裴岑纪功碑》《刘平国刻石》等，后者如著名的《石门》《西狭》《郙阁》三颂。四川崖墓题记，亦刻于崖壁，用于志墓，故归于墓志一类。

北齐、北周时，由于北魏太武帝和北周武帝两度灭佛，一

---

[4] 蒋若是《从"荀岳""左棻"两墓志中得到的晋陵线索和其他》，《文物》一九六一年第十期，第五二页。

些僧侣信徒在今山东、山西和河南、河北境内一些地方的山坡山崖上，用大字深刻佛经、佛号，如山西太原风峪的《华严经》，河北武安北响堂山的《唐邕刻经》，山东泰山《经石峪刻经》，邹县葛山、尖山、岗山、铁山《四山摩崖刻经》等都是。铁山《匡喆刻经石颂》云："缣竹易销，金石难灭，托以高山，永留不绝。"正是刻佛经于崖岩的用意。这些摩崖还刻有不少题名、题记（记述经主姓名、署经人、刻经的时间等）。佛教摩崖刻经又可归入石经类。

摩崖，南北朝以前多纪功颂德，南北朝以后多题咏题名。我国一些名山大川大多有唐代以后的题刻，为大好河山增添了不少人文景观。

东汉·《沈府君石阙铭》

四、石阙

阙，是古代一种建筑。从古代石刻和绘画中见到的阙，都是两相对称，现遗存的石阙亦然，单独一个的阙，是另一个阙已毁。古代祠庙、陵墓前都有装饰性建筑——石阙。石阙在门前的两旁，两阙中间为行走之道，即神道。石阙有的刻有铭文，河南登封太室阙、山东嘉祥武氏阙等铭文中，皆直称为"阙"，而四川渠县冯焕阙、沈氏阙，北京秦君阙等均自称"神道"，故又称石阙为"神道阙"，登封少室石阙即刻有篆书阳文"少室神道之阙"。大多石阙刻有铭文，或刻于阙身，如嵩山三阙，或刻于檐下枋头上，如四川雅安高颐阙。石阙铭文一般只数字至数十字，文献价值不大。

现存汉代石阙共有二十九处，其中山东四处，北京一处，河南四处，四川地区最多，有二十处。石阙到汉代以后基本不再营造。南朝帝王公侯陵墓前也有"阙"和"神道"，但形状与汉代不同，作石表形式，也刻铭文。

五、石经

石经，为官方所立，将儒家经典刻于石上以为定本，让后儒晚学取正。古代经籍因年代久远，辗转传抄，文字往往谬讹百出，以至俗儒解经穿凿附会，贻误后学。有的甚至行贿赂以改皇家藏书处"兰台"的漆书经字，以合其私文。鉴于这些弊端，在东汉熹平四年（一七五），议郎蔡邕等上奏要求正定六经文字，经灵帝特许，由蔡邕等书写经文于石，使石工镌刻后立于洛阳太学讲堂东侧，作为官方定本。共刻《周易》《尚书》《鲁诗》《仪礼》《春秋》《公羊传》《论语》七经。碑石共四十六枚，用隶书一体，两面刻字。此项工程巨大，始于熹平四年（一七五），迄于光和六年（一八三），历时九年。后世称为《汉石经》《熹平石经》或《一体石经》。

后世仿此制大规模刻石经有三国魏正始间（二四〇——

东汉·《熹平石经》残石（国家博物馆藏）

二四八）刻《古文尚书》《春秋》和《左传》部分，共三经。
碑石三十五枚，用古文、小篆和隶书三种字体书写，两面刻，
立于洛阳太学讲堂西侧。后世称《魏石经》《正始石经》或《三
体石经》。唐开成二年（八三七）刻成《周易》《尚书》《毛
诗》《周礼》《仪礼》《礼记》《春秋左氏传》《公羊传》《穀
梁传》九经，又益以《孝经》《论语》《尔雅》共十二经。有
二百二十七石，文用楷书、标题用隶书刻。清贾汉复集十二经
字，又补刻《孟子》附其后。碑石今完整保存于西安碑林。此
为《唐石经》或《开成石经》。五代时后蜀广政间（九三八—
九六五）开始刻，至宋代刻完十三经，历时百余年。历代石经
皆无注，而此石经有注，故其石以千计，称为《蜀石经》或《广
政石经》。北宋嘉祐间（一〇五六——一〇六三）刻《周易》《尚
书》《毛诗》《周礼》《礼记》《春秋》《论语》《孝经》《孟
子》九经，字体为一行篆书、一行楷书，称为《嘉祐石经》或

《二体石经》。南宋高宗于绍兴十三年（一一四三）九月下诏将其平日书写的《周易》《尚书》《毛诗》《春秋左氏传》《论语》《孟子》六经及《礼记·学记》《经解》《中庸》《儒行》《大学》五篇刻于石，立于杭州太学院，其中《论语》《孟子》为行书，其他皆楷书，现存七十七石，在杭州府学，称为《宋绍兴石经》或《高宗御书石经》。清乾隆间江苏金坛人蒋衡用楷书写十三经献于朝廷，高宗于乾隆五十六年（一七九一）命校刊石经，至五十九年（一七九四）刻成，凡一百九十石（其一为记事碑），两面刻，立于北京国子监，今仍完整，称为《清石经》或《乾隆石经》。历代小规模刻儒家经典的也有一些，著名的有单部经典《石台孝经》等。

佛教僧侣和信徒将佛教经典刊刻于石上，是由于北魏太武帝和北周武帝时曾先后灭佛，北齐、北周的僧侣和信徒出于护法的信念，便大规模摩崖刊刻佛经佛号，后有隋朝僧人静琬在北京房山发起刻造佛教石经，以备佛法毁灭时，以充经本之用。房山刻经自隋朝起，断断续续一直刻到明末为止，将各部佛经刻于石版，分藏于石经山顶的九个洞中和云居寺西南压经塔下的地穴内，大小经版约有一万五千块，这是我国石刻集中数量最多的地方。

六、造像记

造像，自佛教传入中国时就作为宣扬和信奉佛教的一种方式。十六国时期，北方大多是少数民族贵族建立的政权，他们认为佛是胡神，故对佛教虔诚崇奉并大力提倡，借助佛教来维

北魏·《郑长猷造像记》

护统治，而佛教也需要依附于国家权力来取得存在和弘扬。北方佛教的修行方式偏重于观象禅定，故大量开凿石窟。这些石窟多由国家经营，规模宏大。造像记最具代表性的是在洛阳南郊伊阙的龙门石窟。汉魏时洛阳一带曾刊刻过大量的碑志和石经，虽曾有过多次碑禁和大规模人为毁损，但这种在石上刊刻文字的传统意识始终保持着，较其他地区为强。所以一开始在龙门开凿石窟、雕造佛像时，就刊刻有造像题记。如龙门古阳洞内所刻的造像记《龙门二十品》，有十九品是北魏时所刻。伊阙西东龙门、香山两山的峭壁上先后开凿的石窟、石龛共计有两千一百余个，佛像十万余躯，碑刻题记三千六百余处。这些碑刻题记绝大部分是北魏和唐代的。

出资造像的有个人，也有宗教团体。他们或为国家、皇帝、或为祖宗、父母、兄弟、子息等，或为在世或为亡者，追善祈福，发愿造像。在佛像或石龛的旁边、周围建碑或直接刊刻，以记造像缘由、题材及造像者姓名、籍贯、官职身份等，这就是习称的造像记。

七、石刻图像

石刻图像也是重要的石刻文献，前人对此较忽略。山东嘉祥汉代武氏祠石室就有将古时圣贤帝王刻在画像石上，但只有一个简单形象，并非人物肖像。明清以来肖像画逐渐盛行，各地寺院每将佛、菩萨、罗汉、鬼神等像刻于石碑，还有孔子、关羽的像也是刻得最多的，一些祠堂、学舍也多将圣贤像刻在石碑、石版上，以供人瞻仰。其特点是绘制的年代与该历史人物年代愈近，其真实可靠性相对来讲就愈大。

人物以外的其他石刻图像有的也极具文献价值。现存苏州文庙的"四大宋碑"——《天文图》《地理图》《帝王绍运图》《平江图》为全国重点文物保护单位，其中《天文图》是南宋淳祐七年（一二四七）王致远摹刻，为我国较早的古代石刻星图。《平江图》是南宋绍定二年（一二二九）吕梗、张允成、张允迪刻宋代平江府城全图，绘制精细，系研究古代苏州历史的直观

平江图拓片

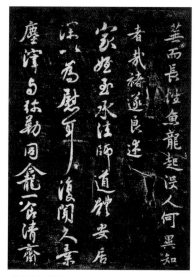

《淳化阁帖》（局部）上海博物馆藏本

资料。

石像图像可分为两大类：一是浅高浮雕，如汉代画像刻石大多是这一类；一是线刻绘画，宋元明清的石刻图像主要是这一类。线刻绘画又可分为线刻、凹面线刻和凸面线刻三种。国家图书馆藏的各类石刻拓本现有四万多种，十余万件，其中石刻线画图像近两千种，四千件。

八、刻帖

刻帖，是后世摹刻前人墨迹于木、石之上，以供传拓临摹。这样可使前人字迹得以长久保存，并化身千万。宋代以前即有王羲之书《乐毅论》刻本残石和《定武兰亭》石本流传。刻帖是以保存历代名人、书家手迹为目的的，多横刻于长方形石版上，又称之为书条石，数量极为可观。因这些刻帖大多是名人、书家的奏章、文稿、信札、诗词等，有许多原件原文已佚，其内容往往赖刻帖以存。

九、杂类

历代刻石文字尚有地莂、镇墓文、画像石题字、塞石、黄肠石、水则、石人石兽、桥柱井栏等等。

地莂，即买地券，为买墓地的契约，常刻于石、砖、铅、木等载体上，形状也各式各样，自汉代至明清皆流行。

镇墓文与地莂相类，内容大致写些为生人、死者祈求安宁的话，末尾有"急急如律令"语。

画像石题字，是汉代墓室、石椁以及祠堂石室四壁所雕刻的画像上的题字。

封门塞石题字。西汉诸侯王墓葬多因山打隧道作陵寝，在入葬后用巨石封塞。封门塞石上记有尺寸或石工名字，有的还记事。

黄肠石由黄肠题凑而来。所谓黄肠题凑，本是古代帝王诸侯用柏木枋排叠成的框形结构，其内安放棺椁的一种葬式。东汉时，有的墓葬用石条代替柏木，这些石条就称为黄肠石。黄肠石刻的内容多为地名、石工姓名，石之广宽长尺寸及第若干，还有年月等。塞石和黄肠石都是汉代所特有的。

水则，也称水则碑。立石于江河边，以历年水位高低，加以刻度记录，以测旱涝。这是一种记录古代水文的原始资料。

石刻文献的内容，几乎可以涉及到政治、经济、军事、历史、文学、科学、宗教、民族交往、语言文字、书法艺术、风俗习惯等各个方面。由于对石刻文献搜集、著录、研究的目的多有不同，其利用程度也各不相同，正如清末著名石刻学家叶昌炽在《语石》卷六《辑录碑文》一则云："……吾人搜访著录，究以书为主，文为宾。文以考异订讹、抱残守阙为主，不

华人德《三国吴黄武四年浩宗买地券拓片题跋》

必苟绳其字句。若明之弇山尚书辈每得一碑，惟评骘其文之美恶，则嫌于买椟还珠矣。"说明以前的金石家搜集著录碑刻，多半是注目于书法艺术，而将文字内容放在次要位置，像明代王世贞着眼于文学方面的则是极少数。由于近现代对石刻文献有了许多新的发现，对其价值也已重新审视，如各地史学工作者对明清以来工商业碑刻进行了搜集和整理。在编辑《中华大

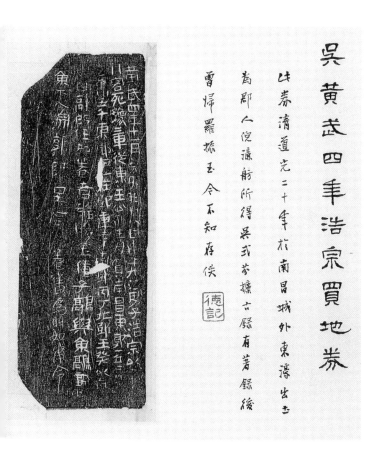

藏经》时，汉文大藏经以《赵城金藏》为底本，并以历代有代表性的八种藏本为校本，其中之一即为《房山云居寺石经》。这类例子不胜枚举。

　　各种类别石刻，其文献价值是各有不同的。如石阙、造像记和一些杂类石刻像地莂、黄肠石等，除有文物价值和一定的书法价值外，文献价值均不大。前人用以证经订史的石刻文献主要是墓碑与墓志。所谓宁从碑志而舍史传。当然碑志之文也不可尽信。因为碑志文字常有误记，或为尊亲讳而有意隐恶扬善，或改变世系以炫耀门第。因此所谓"谀墓"便成了撰写碑志的一种通病。东汉蔡邕一生曾为许多人写过碑铭，他自己讲："吾为碑铭多矣，皆有惭德，唯《郭有道》无愧色耳。"[5]唐代韩愈受重金而多作谀墓文字，时人多有微词。有时据史传所记，或官方文书档案反而真实可信。所以利用石刻文献，要与史传参酌，采用二重证据法，相互补充，以定取舍，使事况接近客观真实。

由于石刻文献名称冗长，首字雷同较多，简称又较混乱，而撰书者又时有时无，故其排检方法与一般古籍也不相同，只能按石刻文献的书刻或设立年月（墓碑志多以卒葬年月）编排，无年月者隶于所属朝代之末。石刻文献因种类和数量太多，文献价值各不相同，加之研究者利用的目的和要求的不同，故单纯地以年月排检会带来诸多不便。我们可以将石刻文献按类别分开，然后各类再按年代编排。石刻文献多的类别，如碑，可再细分为墓碑、修建碑记、工商业碑刻等；墓志可分为墓志、释氏塔铭和舍利铭等；石经可分为儒家石经、佛教刻经、道教刻经等。石刻文献整理出版的形式有目录、录文和影印等。收录范围可以按时间（历代、断代），按类别（如碑、墓志、摩崖、图像等），按地区，按单位（如大型图书馆、碑刻集中地等），也可以将范围再限制缩小。不断发掘和整理石刻文献资料，以便更好地利用它们。

---

[5]《后汉书》卷六十八，《郭太传》。

欧体和石经、雕版印刷

有关欧阳询的书法，朱关田先生在《中国书法史·隋唐五代卷》中论述甚详，评价亦极中肯，不必赘述。欧字对后世书家的影响，书法史写到各家时也均会提及。我想谈的是前人较为忽略的地方。

首先谈一下历代石经，这都是官方所立，将儒家经典刻于碑石上，以为定本，让后儒晚学取正。再有一个功能是规范文字，使科考士子、台省馆阁的书办，以及整个社会都能以此为标准，注重字形、讲求正确、杜绝谬俗。汉、魏都城洛阳太学讲堂的东西两侧，刻立了《汉熹平石经》和《魏正始石经》，因分别是用隶书一体和古文、篆、隶三体所书，故亦称《一体石经》和《三体石经》。这两部《石经》在刻立后百数十年后，因战乱和搬运等原因，逐渐毁佚了。以后历朝刻立石经的有《唐开成石经》《后蜀广政石经》《北宋嘉祐石经》，以及《南宋高宗御书石经》《清乾隆石经》。这五次刻石经皆在欧阳询之后了。《南宋石经》是宋高宗下诏将其平日所书儒家经典，有正书和行书，摹刻于石，立于杭州太学院。《清石经》则是江苏金坛书法家蒋衡用正书抄写了十三经，乾隆初年，由达官进献朝廷。乾隆五十六年（一七九一）高宗命校刊石经，至五十九年（一七九四）刻成，立于北京国子监。后两种皆书家墨迹摹刻，自成一体，姑置不论。

且说《唐石经》开成二年（八三七）刻成，正书，现完

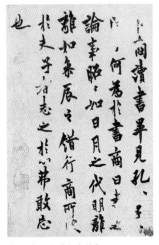

唐·欧阳询《卜商帖》

整保存于西安碑林。书写者有艾居晦、陈玠、段绛等四人，皆一时所选能书欧、虞体者。《蜀石经》始刻于后蜀广政十四年（九五一），至二十一年（九五八）刻成十经，立于成都学宫，正书，今存零星残石。据宋晁公武《石经考异记》所记：各经书者有张德钊、杨钧、孙逢吉、周德贞、孙朋吉、张绍文等，风格亦类虞、欧。此石经有注，两宋时又不断增刻。《北宋石经》，宋仁宗敕刻于庆历元年（一〇四一），至嘉祐六年（一〇六一）刻成，置于开封太学，一行篆书，一行正书，故称《二体石经》，今有残石存世。篆书由章友直、杨南仲、胡恢、赵真继、张次立、谢飶等人所书，皆当时名手，其字迹大小、风格不尽相同。正书书写者未见记载，不知何人，或许是选调台阁书人所书，而名不足传。石经正书方严近欧体，宋版书字体与之相似。《开成》《广政》《嘉祐》三石经之正书都是欧、虞书体。正书中欧、虞体点画饱满，提按不明显，虽一方一圆，一柔婉一挺拔，但都是结体严谨，偏旁部首不常作变化，字形停匀，修短合度，成篇看，行陈整齐，疏密适中，所以官楷书多用之，以为世范。故石经正书多作欧、虞书体。

　　其次，接着谈谈雕版印刷。早期的印刷品多是佛经、日书之类。在五代后期，开始雕印儒家典籍。到宋代，雕版印刷十分普及，省去了读书人抄写的劳苦，文化传播更为迅捷便利了。宋版书的雕印很讲究，所刻书体有模仿颜、柳、欧、虞诸体。后来因欧体结构修长精严，竖画多垂直，横画斜势小，且多平行，笔画挺劲峻峭，

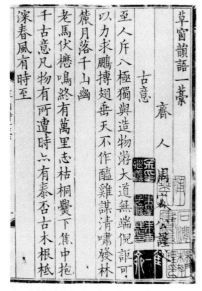

宋代刻本《草窗韵语》，字体即仿欧体

起讫提按、粗细变化均不明显，这些特征使欧体比其他诸家书体更快捷简便，而且刻出的效果无论版面还是独立文字都很明洁悦目。由于欧体字有这些优势，渐渐在欧体基础上演化出一种常见于书籍印刷用的字体，这是我们后来称为的宋体字，而在日本则称之为明体字。

从上述两个方面，即石经和雕版印刷，可以看到欧体对汉字楷书的规范、文化学术的继承和传播都起到了重要的促进作用，可谓功莫大焉！

评帖学与碑学

"碑学"一词，缘起甚晚，到清代后期才成为金石学与书法的一个专门术语。碑学包括两个方面：一为著录、考订、研究碑刻的源流、时代、形制、体例、文字内容及拓本之先后真伪等，为偏重于文物、考证方面的学问，它是金石学中的一部分；一为崇尚碑刻的书派，这是书法艺术中的流派。与它相对应的为帖学。本文着重从艺术角度予以评述。

一、历代取法碑帖之大概

《汉书》卷九十二《游侠传·陈遵》记陈遵"性善书，与人尺牍，主皆藏去（弄）以为荣"。西汉时书家的手迹已为人所收藏，这些手迹自然也可作为字帖来临写。《后汉书》卷六十下《蔡邕列传》记："邕以经籍去圣久远，文字多谬，俗儒穿凿，疑误后学，熹平四年，乃与五官中郎将堂谿典、光禄大夫杨赐、谏议大夫马日磾、议郎张驯、韩说、太史令单飏等，奏求正定六经文字。灵帝许之，邕乃自书丹于碑，使工镌刻立于太学门外。于是后儒晚学，咸取正焉。及碑始立，其观视及摹写者，车乘日千余辆，填塞街陌。"所立碑版，士子除了可以取正经籍文字，还可观摩书法。汉魏书家往往能作铭石书、行押书和章程书。铭石之书可为公众"观视及摹写"，而行押书和章程书因写在缣楮简牍上，作为真迹可以收藏临习。由于汉晋以来著名书家都是公卿士大夫，书札往还也限于豪门世族

234

之间，故一般庶民寒士是无缘得见的。豪门世族都以家法传授子弟，如东晋十六国至南北朝时期，南方的王、谢、郗、庾，北方的崔、卢，他们家族中杰出的书家虽为世模楷，其手迹，一般人也只可能转相摹习，不易直接观摩。

唐初，太宗崇尚王羲之字，诸书家均遵循"二王"法则，北朝书风只是在中州世族之家有所传承，后世出土河南河北一带唐墓志中可见其残留痕迹，此即为康有为所盛赞的小唐碑"皆工绝，不失六朝矩矱"[1]者。由于汉魏以来山东旧族到唐代已衰落，且历经欧、虞、褚、薛、颜、柳等书体递相盛行，北朝书风也就渐渐湮没了。而相承的二王体系书风笼罩书坛长达一千年之久。

宋太宗于淳化三年，命翰林侍书王著甄选内府及诸州所得法书，以枣木版摹刻藏于禁中，并将拓本分赐王公大臣，是为汇帖之祖。不久，以阁帖为祖本，纷纷翻刻于石，略有增减，分散各地，有宋一代已有数十种，曹士冕撰《法帖谱系》，分析颇详。元、明、清翻刻，如儿孙繁衍，更不知凡几。宋代以后，学书者正楷莫不从唐碑入手，尤以欧阳询、颜真卿为最著，而行草则取法刻帖。自赵孟頫出，又广受赵字影响。即便雕版、活字印书所用书体，也不外乎欧、颜、柳、赵诸家。宋、元、明是帖学书派极盛时期。明末清初张（瑞图）、倪（元璐）、黄（道周）、王（铎）、傅（山）诸家虽宗帖学，而师心自用，故能不受前人绳墨所限，别具风貌。以后帖学便逐渐衰微了。

---

[1]《广艺舟双楫》卷三《卑唐第十二》。

北宋中叶，吕大临撰《考古图》十卷，著录内府及私家所藏古器，分类编排，摹写图形，考释铭文；欧阳修撰《集古录跋尾》十卷，列周到宋初金石碑帖，作跋尾四百余篇，于是开创金石之学。其后如赵明诚、洪适、陈思、郑樵、娄机等皆踵武著录考辨。元明时此学式微。唐人篆书多不遵《说文》，隶书一味工丽肥扁，已不知有汉。宋代虽有金石之学，但求博古好奇，篆隶视唐代等而下之。苏、黄、米、蔡正行草皆卓然大家，然均不擅篆隶，米芾偶有为之，而恶俗不伦。黄伯思好古文奇字，各体书号称妙绝，片纸只字，时人皆以为宝，观其所题《柳公权书〈兰亭诗〉》隶书跋文，靡弱挑剔，似于两京碑版视若无睹。元明人作隶书，唯知"挑拔平硬如折刀头"。传世汉碑宋拓本已是凤毛麟角，而明拓剪裱本传世颇多，可见明人已普遍将汉碑作为临池范本，然以文徵明、文彭父子隶书论，似对汉碑气息之理解有失肤浅。明末清初诸书家也有兼擅专攻汉隶者，而王铎隶书《唐宋州官吏八关斋会报德记》用笔扁薄靡弱，结体丑怪支离，与其行草成就悬去天壤。傅山自云："于汉隶一法，（祖孙）三世皆能造奥，每秘而不肯见诸人，妙在人不知此法之丑拙古朴也。吾幼习唐隶，稍变其肥扁，又似非蔡、李之类。既一宗汉法，回视昔书，真足唾弃。"[2] 又云："汉隶之不可思议处，只是硬拙，初无布置等当之意，凡偏旁左右，宽窄疏密，信手行去，一派天机。"[3] 傅山已知汉隶三昧，然心手不应，其隶书丑拙有余，古朴不足。郑簠专以隶书名家，

---

[2]《霜红龛集·杂记二》。
[3]《霜红龛集·杂记三》。

清·邓石如《金尊象管》

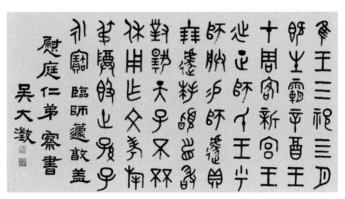

清·吴大澂《临师蘬敦盖》

其隶书杂以行楷笔法，因不辨隶、楷上下流之别，字虽活泼飘洒，而不免佻巧软滑。所以可以这样讲：乾、嘉以前书家，虽有宗汉碑而尚无碑学书派。

清初，顾炎武首倡以金石证经订史，学术影响有清一代。乾、嘉时金石、考据之学大盛，学者纷纷搜访著录碑刻，流风所及，书家开始注意并重视汉魏六朝碑志书法，逐渐产生一种新的审美观念，以及相应之技法。既有钱大昕、桂馥、邓石如、黄易辈实践在前，又有阮元、包世臣等继理论于后，于是形成碑学书派，举世字宗汉魏，风靡了一百余年。陈介祺、吴大澂等皆同治、光绪时海内收藏家，三代彝器朝夕摩挲。陈介祺认为："书画之爱，今不如昔。以金文拓本为最切，其味为最深厚，《石鼓》、秦刻、汉隶古拓次之。"[4] 李瑞清也尝曰："求分于石、求篆于金，盖石中不能尽篆之妙也。"[5] 在当时这种好古心理的

[4]《簠斋尺牍》。
[5]《玉梅花盦书断》。

追求之下，先秦钟鼎彝器铭文成为书家遨游的又一天地。随着考古的不断发现，殷商甲骨、战国货布、秦汉砖瓦、流沙坠简、敦煌写经等都成了书家托古创新的绝佳资料，故近百年来书法能愈出愈新。

二、帖学书派与碑学书派的本质区别

《淳化阁帖》共十卷，卷一为历代帝王法帖，收汉章帝、两晋南朝诸帝，唐太宗、高宗，以及晋文孝王司马道子，陈长沙王陈叔慎、永阳王陈伯智等十九人五十帖；卷二至卷四为历代名臣法帖，收汉张芝至唐薄绍之、柳公权等六十七人一百十三帖；卷五为诸家古法帖，收苍颉至唐怀素等十三人二十三帖（包括所传古法帖）；卷六至卷八收王羲之法帖一百六十种；卷九卷十收王献之法帖七十三种。在此基础上转相传摹翻刻，或重加编次予以损益者，不可胜数。另外诸如宋《群玉堂帖》，明《停云馆帖》，清《三希堂帖》等亦皆为历代名家汇帖。刻帖中以历代汇帖数量最多。宋《凤墅帖》收宋代帝王卿相文人书家书，明《国朝书帖》收明代名人札翰，此皆断代汇帖。宋《慈恩雁塔唐贤题名帖》收唐神龙至会昌间将相进士题名等；明《金陵名贤帖》收明代金陵各家书；清《人帖》收宋范仲淹、文天祥，明方孝孺、王守仁、东林诸贤、黄道周、倪元璐、史可法，清陆陇其等忠臣烈士书，此皆以地点、人品所集之汇帖。宋《二王帖》收王羲之、献之父子书，明《来禽馆帖》收邢侗、邢慈静兄妹书，此皆收一家族之帖。宋《忠义堂帖》收颜真卿书，元《松雪斋帖》收赵孟頫书，明《赐闲堂帖》收申时行书，这是收个人之帖。还有历代单刻帖，如魏钟繇《宣示表》、晋王羲之《兰亭序》、唐孙过庭《书谱》等，以《兰亭序》刻帖最多，江南书香之家几乎家置一石，以供子弟临写。清末苏州吴云曾广搜《兰亭序》刻帖，额其室曰"二百兰亭斋"。大凡刻帖不外乎以上几类。刻帖之动机是摹刻名人书家书迹于木石，用以保存、传拓，化一身为千万，可作观赏、临习。可供临习者一般是刻帖中之书家的书迹，是名人而非书家的书迹借助刻帖予以流传，并可作观赏，然而几乎不具临习的功用（名人兼书家者除外），故可以将帖学书派取法的对象定为是名家书法。

刻石、碑碣、摩崖、墓志、石经、造像记之属，其所立或为纪功述德，垂之久远；或为标识冢墓，以示来昆；或为正定文字，启明后学；或为发愿祈祷，修福禳灾等等，初无流传书法之意图，故唐代以前碑版体例，不列书者名字。偶有书写者留名，如东汉《华山庙碑》之郭香察、《西狭颂》之仇靖、《郙阁颂》之仇绋、《樊敏碑》之刘武良（或释为刘盛息悰），梁《萧憺碑》之贝义渊，北魏《始平公造像记》之朱义章、《孙秋生造像记》之萧显庆，隋《启法寺碑》之丁道护等，寥寥可数，书者皆不见于史乘。而传为钟繇、梁鹄、寇谦之、陶弘景等所书之碑刻，皆无确凿证据，即便云峰山刻石数十种指为郑道昭所书，而《魏书》卷五十六《郑羲传附道昭》有"道昭好为诗赋，凡数十篇"，然竟无一语言及书法。今能见到的唯有北周《华岳庙碑》明列万纽于瑾撰，赵文渊书。文渊善书，《周书》《北史》皆有记载。唐初碑志列书者之名渐多，至开元、天宝以后，凡碑志必有撰书者名，作碑志倩大手笔书撰，亦借以珍重也。从帖学者多以唐碑楷书入手，尤以欧、虞、褚、薛、颜、柳等家书碑更受注重，故从帖学学唐碑，亦是取径于名家书法，而从碑学者则是排斥唐碑的。包世臣《艺舟双楫》中提出用笔有"中实""中怯"之说，认为"中实之妙，武德（唐高祖年号）以后，遂难言之"。康有为《广艺舟双楫》有《卑唐》一篇，其中云："欧、虞、褚、薛，笔法虽未尽亡，然浇淳散朴，古意已漓；而颜、柳迭奏，澌灭尽矣！""若从唐人入手，则终身浅薄，无复有窥见古人之日。"可谓诋毁备至。故从碑学者言必汉魏，以后更从汉魏碑刻延展至钟鼎、甲骨、砖瓦、简牍等。所以碑学书派的取法对象并不全是碑版，而碑版也并不都为碑派所取法。

有许多人将碑学书派取法的对象概称为古代的民间书法，其实是不确切的。写刻甲骨文的占人和书写国家重器上册命铭文的臣属，都是商周时代掌握文化的最高知识分子。而汉魏两晋南北朝时期，朝廷宗庙丰碑巨刻，王公贵族大臣名士的碑志也往往是由大手笔撰写的（东晋墓志除外，拙文《论东晋墓志兼及兰亭论辨》有详细论述）。《后汉书》卷六十八《郭符许列传》记东汉名士郭泰卒，"四方之士千余人，皆来会葬。同志者乃共刻石立碑，蔡邕为其文，既而谓涿郡卢植曰：'吾为碑铭多矣，皆有惭德，唯郭有道无愧色耳。'"碑或由蔡邕所书，或为郭泰"同志者"所书。《晋书》卷五十六《孙绰传》："绰字兴公，少以文才垂称，于时文士，绰为其冠。温、王、郗、庾诸公之薨，必须绰为碑文，然后刊石焉。"南朝以墓志代替碑铭，王公百僚墓志，往往由皇帝、太子及大臣撰制。如宋孝武帝为建平王刘宏，齐武帝敕王融为豫章王萧嶷，梁尚书右仆射徐勉为豫章内史伏暅，梁皇太子为戎昭将军刘显，梁简文帝为萧子云子特，陈太子为兼东宫管记陆琰、御史中丞褚玠，陈后主为右卫将军司马申，陈尚书令江总为侍中孙玚撰写墓志铭事，均可见于《宋书》《梁书》《陈书》《南史》诸正史。传世宋拓本梁《永阳王萧敷墓志》《永阳王妃王氏墓志》均由尚书右仆射、太子詹事徐勉奉敕撰，出土的梁《桂阳王妃王慕韶墓志》由吏部尚书领国子祭酒王暕造。这些碑志的书写者必定也是有地位或书法高手，方能与之相称。北周碑榜，多为赵文渊、冀俊所书。梁朝书家王褒入北周后，上流社会人士翕然全学王褒之书，王褒虽被礼遇，"犹以书工，崎岖碑碣之间，辛苦笔砚之役"。[6]信史实物具在，可知唐代以前碑版并非皆民间书法。然而列有书家之名者仅极个别，故在碑学书派人的心目中只有某碑某器物，而非如帖学书派的人只有某书家、某书家之体，古代书家的权威意识对碑学书派的人来说是极其薄弱的，所以碑学书派的取法对象可以认为是非名家书法，这与帖学书派的取法对象是名家书法相对立的，这是两派的本质区别。

三、碑学书派和帖学书派之批判

"短笺长卷，意态挥洒，则帖擅其长。界格方严，法书深刻，则碑据其胜。"这是阮元《北碑南帖论》中下的断语，碑

---

[6]颜之推《颜氏家训》卷七，《杂艺》。

学、帖学各有胜长，是人尽皆知的。帖学在宋元明和清前期几乎是一统天下，汉碑稍有涉及，北碑则视为体格猥拙而不屑一顾。在此期间产生过大量的书法名家，帖学之贡献，亦可谓至大。到乾嘉以后碑学兴起，碑学派要在理论上立住脚，除了要揄扬碑刻的种种长处，还要能贬抑刻帖的种种缺失讹误。当然帖学书派也会予以回敬，于是就有所谓的碑帖之争。由于碑学书派托古而新兴，又随着考古的不断发现，可供取法的唐代以前的书法资料层出不穷，这些正切合碑学书派取法非名家书法和创作求新求变的艺术观念。所以自碑学书派兴起二百年来，各家所擅书体之广博、面目之纷繁，是书法史上空前的。而帖学书派只是从前代和当代名家中讨生活，故到清初似乎就变而穷尽，成了强弩之末。

帖学书派取法名家，而刻帖中托名、伪作极多，深为古今学者所诟病。汉代已出现许多书法名家，魏晋时书家笔法传承有序，名家法书也代相递藏。永嘉之乱，洛阳陷落，士族世家纷纷仓皇南渡，中原文物，十九沦胥。庾翼《与王羲之书》云："吾昔有伯英章草十纸，过江亡失，常痛妙迹永绝。"[7] 王导战乱时仅怀钟繇《尚书宣示表》衣带过江。此帖曾传王羲之，再转借王敬仁，敬仁死，竟被殉葬。陶弘景在《与梁武帝论书启》中云："世论咸云江东无复钟迹，常以叹息。"梁武帝答书中也提到："钟书乃有一卷，传以为真，意为悉是摹学，多不足论。"[8] 故汉魏名家手迹到东晋南北朝时已百不存一了。

---

[7] 张彦远《法书要录》卷二，虞龢《论书表》。
[8] 张彦远《法书要录》卷二，陶弘景《与梁武帝论书启》。

以后散藏于民间的古代法书又经皇家搜集而充牣内府，其中绝大部分则是东晋以来的真草名迹。梁武帝晚年，侯景之乱，焚毁一部分，其余由元帝载入江陵，西魏大将于瑾陷江陵，元帝"乃聚名画法书及典籍二十四万卷，遣后阁舍人高善宝焚之"，"于瑾等于煨烬之中收其书画四千余轴归于长安"[9]。唐太宗对前朝书迹，尤其是王羲之书迹刻意搜访购求，并命臣工临摹响拓，至今所传隋唐以前名家墨迹，几乎都是唐人勾摹本。故刻帖中之汉魏名家书迹可以不信，远古人书更是向壁虚造。帖学所收名家书迹应断自二王始。后世刻帖，往往取以前刻帖辗转摹勒，一翻再翻，新增的书迹，有失于鉴别，滥竽充数的现象也极为普遍，加上刻勒不精，形神俱失。明沈德符《万历野获编》卷二十六《小楷墨迹》一则记："董玄宰刻《戏鸿堂帖》，今日盛行，但急于告成，不甚精工，若以真迹对校，不啻河汉。其中小楷，有韩宗伯家《黄庭内景》数行，近来宇内法书，当推此为第一，而《戏鸿》所刻，几并形似失之，予后晤韩胄君诘其故，韩曰：'董来借摹，予惧其不归也，信手临百余字以应之，并未曾双钩及过朱，不意其遽入石也。'因相与抚掌不已。此外刻帖纷纷，俱不足齿颊矣。"由于刻帖多有此类情况，故宜为碑学书派不足置齿颊了。

刻帖本是为保存和传播古代名家书迹而摩勒于板于石，如果摩勒刊刻不精，流露刀削痕迹，学书者无意沾染，往往被人讥之有"枣木气"。而碑刻则是书丹原石，摩崖刻石更是只求

---

[9] 张彦远《历代名画记》。

其大概，古人字迹不以书传而传，学书者又往往刻意追求高古生拙的意趣，称之为"金石气"。两相比照，可以深思。

有些偏重学帖的人批评碑学书派无笔法，以为所临汉魏碑刻为民间工匠所作，多半粗劣鄙陋，非取法乎上。帖学派书家师法"二王"以来名家，故均在"二王"藩篱内盘旋，若仅以"二王"笔法为唯一准绳来衡量古今书法，那么"二王"以前既无书法，"二王"以后更无书法。换言之，"二王"以前尚无可称之笔法，"二王"以后又必须遵循传承其笔法，书法这门艺术如只能因袭，不能有创新，那么也就不成其为艺术了。所以清末叶昌炽在《语石》卷七《薛绍彭》一则中云："知二王以外有书，斯可与论书矣。"碑学书派在艺术眼光上一反"二王"书风好尚"劲媚"，而从汉魏碑刻中寻求高古朴茂，甚至丑拙荒率。庄子云：道无所不在，在蝼蚁，在稊稗，在瓦甓，在屎溺。[10] 这正是碑学书派取法"穷乡儿女造像"及瓦当砖甓之属艺术思想的哲学依据，故在一些碑派书家眼中，就觉得"魏碑无不佳者"，而"言造像记之可师，极言魏碑无不可学耳"[11]。在创作成家数上，也往往有"宁堕地狱，不作畜牲"的意识，这种偏激的观念，是针对帖学书派数百年来一直在名家中讨生活，而形成陈陈相因的书风所产生的，在艺术上要求革新，要求摆脱名家束缚，不可说没有见地，但也会使得茫昧而从者走入魔道而不自知，所谓学唐不成成匠体，学魏不成成伪体也。

由于碑学书派在学术基础、审美观念、取法对象上都与帖

[10]《庄子》卷七下，《知北游》。
[11]《广艺舟双楫》卷四，《十六宗第十六》。

学书派不同，于是在技法用具上也作了相应的改革：强调双钩悬腕，伴之管随指转的捻管方法（也有碑学书家反对用此法），运笔逆涩等等，大大丰富了笔法。生宣和长锋羊毫在乾嘉以后盛行，与碑学书派伴随而生，为碑学书家所偏好，是绝非偶然的，是由其独特性能所决定的。[12]碑学书派与草书，尤其是狂草几乎是隔绝的，这与其取法对象中缺乏草书资料有很大关系，和其习用之技法以及用具也不相适应。而帖学书派则擅长行草，这足以使其立于不败之地。近代书家中途弃帖从碑，或早岁学碑、晚年皈依二王者，皆屡见不鲜。现代印刷术的发达，可将原藏于内府秘阁的唐宋以前名迹影印出版，使其纤毫不爽地展现在案头，以供朝夕临写。这些名迹在古代往往许多书家终生都不得一见，幸而得见，也须择日焚香净几观赏，岂可作平常临池范本？故帖学书派取法之名家书法皆指刻帖，而非古代名家墨迹（包括古摹本），不可混为一谈。当然古代名家墨迹，也应归入帖学书派取法之对象，这是今人幸于古人之处。

---

[12] 华人德《论长锋羊毫》，载于《江苏省书学论文集》第一集和《中国书法》一九九五年第五期。

敦煌写经书法

　　古代的佛教写经，除了寺院中的僧尼和笃信佛教的清信士女，以及佣书为业的经生作为临习和抄写的范本外，几乎不进入凡俗人临池的视野。因此无论出家或在俗的人都不会把经卷作为书法作品来观赏。它的传播和受人供养、诵读完全是出于宗教信仰。当然写经的字迹有优劣之分，而抄写者不论水平的高下，都会在极其虔诚的心态下去认真完成。

　　至迟在汉代，书法已成为一门自觉的艺术，人们崇尚名家书法的心态也随之产生。这种心态延续到清代中后期碑学书派兴起，才逐渐改变，审美角度、取法对象、书写用具及技法等等都与以前有所不同。非名家书迹只要合乎审美要求，就会被奉作经典。

　　敦煌石室秘藏被发现不久，法国学者伯希和携所得文书途经北京，为罗振玉等人所目睹，并知石室中尚留有数千卷文书，于是力促学部电令陕甘总督查封石室，并由学部将所余遗书于宣统二年（一九一〇）秋悉数运至北京，沿途和京师的一些达官名士，巧取豪夺，精善者往往入藏于私家，剩余者入藏于京师图书馆（现国家图书馆），八千余卷，十之九为佛教写经，其中有许多是古人也不得而见的唐以前写经，使得能见到这些写经的上流社会的人大开眼界。罗振玉不但对抢救劫余的敦煌遗书有功，而且对敦煌文献的整理考校、编辑影印不遗余力。他曾要求伯希和将运回巴黎的敦煌文献拍照寄赠，并向一些日本友人借录影摹所得的写卷，连同自己收藏的写卷，自一九〇九年起，不断陆续编辑影印，以广流传。罗振玉影印的一些敦煌文献图录，虽然不是以书法为目的，但其中有一些是六朝隋唐的写卷，书法十分精美。而留在中国的敦煌写卷，十之九是佛教写经，其中"尤精善者，多入私家"（梁启超语），社会上知识分子较容易见到真迹。唐人写经，多受欧、虞、徐、颜、柳等名家书体影响，有一些也与传世的《灵飞经》刻帖风格相近。而六朝写经，与流传的《黄庭经》《乐毅论》等刻帖无论用笔还是结体都迥然不同，且六朝小楷真迹，几乎没有存世，突然能见到真容，这种带隶书笔意，体态开张飘洒，气息古穆淳厚，具有共同特色的书体，给人一种新奇感，为一些学者和书法爱好者所喜爱，并将这种书体称为"六朝写经体"。

一九二九年五月，中华书局用珂罗版影印了一部《六朝隋唐写经真迹》，共六册。所收有《六朝大方广佛华严经》《六朝观药王药上二菩萨经》《隋第三分阿摩昼经第一》《隋增一阿含等趣四谛品第廿六》《唐妙法莲华经四品》《唐妙法莲华经方便品第二》六种，皆精美腴润，前三种尤为出色，为写经中之上品。原迹为邵阳李氏宝墨斋藏，由高野侯鉴定后出版。这可能是敦煌写经完全以书法为选印标准的最早出版物。

一九五九年饶宗颐先生在大英博物馆所藏敦煌文献中选出一些书法之佳者影印，名为《敦煌书谱》。而后又选录法国国立图书馆所藏敦煌文献，编辑为《敦煌书法丛刊》，一九八三年由日本二玄社影印出版，共二十九册。其中拓本一册，韵书一册，经史十册，书仪一册，牒状二册，诗词一册，变文一册，碎金二册，写经七册，道书三册。选录标准为：一、具有书法艺术价值；二、注明确切年代及有书写人者；三、历史性文件及重要典籍之有代表性者。每件撰有提要，时人研究成果间亦酌采。编选十分严谨，并将图册正式以"敦煌书法"命名。

至二十世纪八十年代，大陆的书法爱好者基本见不到国内外收藏单位所藏的敦煌写本真迹，也看不到民国时期和海外的相关出版物。这一时间段内由于见不到完整的资料，研究也几乎无从谈起。六十年代中期，出现了中国书法史上空前的一次学术争议——"兰亭论辨"。认为《兰亭序》是伪迹的一派，再三将与王羲之年代相近的东晋墓志的刻字和六朝佛教写经，包括以写经体抄写的《三国志》残卷等作为例证，来推定"王羲之书法必须有隶书笔意而后可"。东晋墓志的功用和刻字的形体，自有它形成的原因，在此不予讨论。而佛教写经体至少在唐代以前基本上也是自成体系，并且滞后于日常通用的楷书书体的演变。由此可见，参与"论辨"的诸多著名学者并不了解"六朝写经体"形成的原因。将保守而成定式的写经体与杰出书家王羲之"变古形"的"新体"来进行类比，是不恰当的。

到二十世纪九十年代，国内一些出版社开始与海内外敦煌文献的收藏单位合作，出版大型图集。这些大部头的昂贵图册，一般都只是由大型图书馆和研究机构收藏。它们以反映文献内容为主，字迹往往很小，并不适宜临习和观赏。但是这些图书的陆续出版，引起书法家和书法爱好者对敦煌书法的关注，无疑是起了作用的。

与大型图集出版同步，一些适合于书斋案头观赏和临习的小册子也不断涌现，有各种碑帖、简牍、墓志、造像、金文、甲骨、帛书、写经、残纸、砖瓦，异彩纷呈。有关敦煌书法介绍和研究的论文、著作，也陆续发表出版。值得一提的是，王学仲先生曾有文论述东晋十六国和南北朝时期，除了传统所认为的南北书派和北碑南帖以外，另有独立的经派书法——写经和刻经（摩崖与经碑）存在，应该是三派鼎立。当时也有书家撰文认为这样的类分，逻辑上不能成立。事实上两晋十六国和南北朝时期佛教写经书法（包括北朝后期的刻经，其实刻经是放大的写经体式），其宗教的特征是十分明显的，相对地域和时代的特征则较弱，书体演变保守滞后，自成体系。王学仲先生的观点是独具只眼的。

因为其时供观赏和临习的出版物众多，书法展览和比赛频繁，书法创作也显得十分繁荣。许多古代的书迹妍媸杂陈，有些书家为了另辟蹊径，将一般人视为奇诡怪异、稚拙丑陋的字作为取法对象，当然也包括敦煌写本，并将这一类书迹统称为"民间书法"。一时追随者众，风行草偃，举世皆学奇怪。

提出"民间书法"的概念，理论上是欠周密的。他们笼统将那些粗糙稚拙、丑陋怪异的书法和经工匠制作的某些类型的书迹均指为是"民间书法"。按理，"民间"的对立面是指"官方"和"上流社会"。但是某一类型的书迹看似为下层工匠所制作，但其设计、书写者应是皇家和政府机构的属吏——尚书、令史、掾、书佐等所为，如汉代宫苑、陵寝、官署、仓廪等建筑的文字砖和瓦当，简牍中的公文、律令、簿录等，包括烽燧关口遗址发现的为了应对"能书会计"考核之习字觚，都非民间人士所书。十六国、北朝时期，北方大多为少数民族建立的政权，许多上流社会的人不一定擅长汉字书写。北齐皇帝元旦朝会时，"侍中黄门宣诏劳诸郡上计。劳讫付纸，遣陈土宜。字有脱误者，呼起席后立。书迹滥劣者，饮墨水一升。文理孟浪无可取者，夺容刀（即佩刀）及席"。还有两位北齐的开国佐命元勋，一位是鲜卑老公厍狄干，一位是敕勒老公斛律金，都是出将入相的大臣，但是都不会写字，连自己的署名都写不好。这些都有见于正史的记载，应该是可信的。假如这些上层人士的书迹流传至今，是否就可归入民间书法？还有些提出"民间书法"概念者，把敦煌写经也统归于"民间书法"中，并选出一些字迹生拙丑陋的写经，用创作的理念去说解，并大加推重。抄经的过程应是虔敬信诚的。梁代僧祐所撰《出三藏集记》卷七《般舟三昧经记》中讲：《般舟经》于汉建安十三年（二〇八）译成校定，"后有写者皆得南无佛"。"南无"为梵语译音，即合掌稽首。所以抄经者必须恭敬虔诚地抄写，并不会羼入书法创作的意图。

毛秋瑾女士的新著《墨香佛音——敦煌写经书法研究》在全面整理了敦煌文献中有纪年的佛经写本及前人研究成果的基础上，首先讨论的是官方与佛教写经，其次是佛教、道教与写经书法，然后是写经人——僧尼、信众、写经生与写经，最后是讨论写经体的形成和发展的三个阶段，即西晋及东晋十六国时期、南北朝至隋、唐五代时期的写经书法风格及其历史地位。后两个阶段讨论的内容，当今书坛研究敦煌书法的学者关心得比较多。而对写经在唐以前的两个发展阶段，往往曲解为是书体从隶书向楷书发展的过渡阶段，书体尚未演变为成熟的楷书。其实是忽略了写经体发展的滞后性。而对僧尼、信众、经生的写经，则很少去看这些人的社会背景，就事论事较为普遍。对于写经体发展的滞后性，虽不是毛秋瑾首先发现，但是她在书中曾关注并讨论过。尤其是运用敦煌写本来研究与书法相关的宗教、社会背景等方面的问题，她认真参考了敦煌学其他领域研究者的成果，使其对写经书法的研究十分深入，而超出同类研究者，这与她多年来锲而不舍地致力于敦煌学和书法的研究是分不开的。这部著作是她在博士论文的基础上修订而成，部分章节已经发表过，是目前对敦煌写经书法论述较全面的一本书。以前的中国书法史论著对古代写经部分的论述一般较简略粗疏，甚至是忽视的。这本书所提供的材料和观点，可以补苴罅漏。对已有研究得出的某些观点和结论也进行了商榷。可以帮助临习或创作上对敦煌写经书法要有所取法者，能了解其发展脉络和相关背景，不致于误读或偏执。这些都是著者殷切的期望。

文字·伦理·书法

我想谈谈文字以及传统的伦理观念与书法的关系。中国书法有着深厚的文化内蕴，其中很重要的部分是伦理观念。伦理观念不仅影响着古代人的书写或创作，还影响着观赏者、批评者的心理。这种影响自汉代以后经过漫长的时间逐渐形成并不断加强。而书法艺术则自始至终一直是依附于文字的。

古代的书法教学是与识字教学结合在一起的。八岁的儿童先入小学，学识字和学书写。周代地官所属的保氏对贵族子弟，教之以六书。秦始皇统一六国后，于三十四年（公元前二一三年）下了焚书令，将天下非《秦纪》的史书、《诗》《书》及诸子百家著作全部交官焚毁，但允许学法令，只能以吏为师。这是我国文化史上第一次浩劫。汉初，法律明文规定学童到十七岁以上，能识读解释并会缮写满九千字，才可去当掌管文书和书写记录的小吏——"史"。另外，可从秦代的八体书，即大篆、小篆、刻符、虫书、摹印、署书、殳书、隶书，来对学童的书迹进行考试，优秀者由县、郡逐级推荐至中央，然后太史令将这些书法优秀的学童集中了再进行考试，最优者授以尚书、御史、史书令史等主书的官职。低级的文吏，也有可能逐渐升迁为长吏乃至二千石的大官，西汉赵禹、尹齐、丙吉都是以佐史逐渐升迁为大臣的。因此，即便是一些戍守边陲的小吏，一有空暇就练习书法，"能书"是文吏必修的一项业务，上级也将其作为考察、提拔的一项条件，这在居延汉简中能见到不少这方面的实物证据。政府把文字学和书法同利禄直接挂起钩来，这是对文字学和书法最有力的提倡。法律又规定：吏民上书，字有写错，就会被侍御史举其名而论其罪，包括荐举的人也要被论罪。《易经》上把书契说成"百官以治，万民以察"的手段，《说文解字》中也提到"盖文字者，经艺之本、王政之始"，其重视程度是出乎今天的人们想象之外的。《汉书》《后汉书》中每有帝王、后妃"善史书"的记载，当时可以说上自皇室、贵族、大臣，下至士吏、儒生，都将文字学和书法作为自己应有的修养，其中的佼佼者自然就成了书法家。西汉末，陈遵写给人家的尺牍，都被人收藏起来并引以为荣。书法作品成了艺术品，已广为人们所欣赏，并有意识地收藏。艺术价值大于实用价值的章草书的产生并风行。这些都说明在西汉后期，书法艺术已经进入了自觉创作的阶段。

学者和古文字专家扬雄在《法言·问神》中提出："言，心声也；书，心画也。声画形，君子小人见矣。声画者，君子小人之所以动情乎？"这一带有浓厚儒家思想的观点，对后世的书法创作、书法欣赏、书法批评、书法理论都产生了极为深远的影响。

六朝时有句谚语："书疏尺牍，千里面目。"即把书札与人的形象联系在一起，所以魏晋南北朝人无不寄情于札翰，将札翰作为表现其书法的最好形式。由于战祸频仍，政权迭变，致使文字、书法鄙陋猥拙，北方又甚于南方。颜之推在其家训中告诫子弟，对"真草书迹"，要"微须留意"。

唐代，科目举士，属礼部；铨选举官，文选，属吏部，武选，

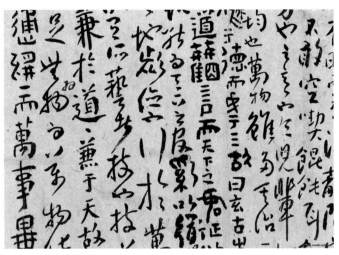

明·傅山《啬庐妙翰》（局部）

属兵部。吏部试吏，以身、言、书、判来衡定，字写得是否规范端庄，影响到能否授官。柳公权"心正则笔正"的话，不正是实行这种铨选制度的最好解释吗？所以唐人写字重法度。颜真卿用端楷写的颜元孙所撰《干禄字书》，定日常用字为正、通、俗三体，就是供读书人应试做官用的参考书。

宋代苏东坡说过："古之论书者兼论其平生，苟非其人，虽工不贵也。"其实到宋代以后，论书者更是将书品与人品紧密联系起来。书论中必有论及人品与书品，其例举不胜举。这或许和道学思想的浸润有关。程颢讲自己的书写态度云："某写字时甚敬，非是要字好，只此是学问。"朱熹作《书字铭》云："放意则荒，取妍则惑，必有事焉，神明厥德。"都将写字作为修身养性的一个方面，反过来又认为：人的修养和内心世界自然也将在书法中表现出来。所以书法中提倡和赞美的沉着、痛快、高古、雄健、淡泊、清雅、刚正、平和、自然、真率、拙朴、浑厚等格调，无不是做人处世所应遵循推崇的品性；而轻佻、拖沓、时俗、靡弱、雕饰、粗恶、妩媚、欹侧、造作、矫揉、工巧、浮薄等形态，也正是人们所鄙薄憎恶的行为。伦理观念已完全贯透到书法审美观中去了。中国其他传统艺术都没有像书法那样和伦理观念密切结合着。

而文字对明清书坛还曾起过一些影响。明末清初诸如黄道周、王铎、傅山等都喜欢写古碑及字书中的僻字、异体字。傅山在晚年稍稍改去这一习气。以后小学盛行，学者、书家又喜依照《说文解字》中的字写。

对艺术发展能起很大作用的因素，一般莫过于政治权力和宗教信仰了。武则天曾自造了十九个字颁行全国遵用，但到大周的国号一去，这些字都废而不用了。历史上还有一些非汉族建立的政权创造了自己的文字，当时尊之为国书。如辽代的契丹大、小字，金代的女真大、小字，西夏的西夏文，元代的八思巴文，清代的满文，但都不能替代汉字，也未能在这些文字上产生书法艺术，虽然契丹文、女真文、西夏文都是仿照汉字创造的。说明汉字作为记录和传达汉语的书写符号，非政治力量所能改变或消灭。相反，上述的诸种文字都早已成了历史陈迹。宗教对我国文化艺术起过影响的主要是佛、道二教。佛教传入后，佛经都是由梵文或西域诸国文字翻译成汉字才传播的。由于兴佛和灭佛诸原因，致使造像记、抄经、刻经（石刻）在南北朝隋唐时十分兴盛，为后世留下大量的书法资料。但是佛教思想对这段时期的时代和地域书风的形成，影响不大。而到宋代以后，源于《金刚经》"非法非非法"的禅宗活法思想在诗歌、绘画、书法的创作中逐渐形成了对法的审美超越，这一审美观在书法创作和书学理论中广泛地反映出来。但是活法思想仍深深地受伦理观念的制约，"非法"但还要"非非法"，与儒家的"从心所欲"而要"不逾矩"十分接近，否则就是"野狐禅"，将视为恶俗、放荡、狂妄，有悖于书品的高雅，当然也是违反做人准则的。

道教作为土生土长的宗教，在文化艺术上的影响要比佛教小。虽然晋、宋时像王羲之父子、谢灵运等都是道教徒，但道教思想在其书法中并不见有何反映。道士如杨羲、许谧、许翙、陶弘景等都擅长书法，直接或间接受"二王"影响。道士画符也要经过专门训练的。陶弘景《真诰·翼真检》中评论：许翙画符与杨羲相似，郁勃锋势，非人功所能达到，而许谧的符则不巧妙。道士画的符因非书写的通行文字，故不被古人当作书法看，但画符和现代书法中的许多作品比，与传统的草书要接近多了。北朝中后期碑刻中出现的篆、隶、真书杂糅的风尚，是受道教影响的（拙文曾有专门论证），到唐初就绝迹了。后世学者、书家对这一书风评价不高，以为乖劣猥琐，对书法未产生好的影响。书法中追求清虚简静、朴质自然的格调，与其说是受道教思想的影响，还不如说是受老庄道家思想的影响。而清虚简静、朴质自然也早已融入伦理观念中，成了做人的一种好品行。

书法史上的反左书、游丝书、梦英和尚的十八体篆等曾昙花一现，但都未给来者做出好的示范，因为不是违反了文字的功能，就是有悖于伦理观念。

二十世纪以来，文字改革运动曾出现过多次，其中有简化，也有拼音化。汉字的简化应该说是取得了成效，但是近十多年来，不光是书法界，社会其他方面恢复坚持写繁体字的现象很是普遍。走拼音化道路事实证明并不像以往想的那么简单和必要。汉字的电脑使用问题有很多方面已解决，而且使用起来很简捷。阅读汉字在人脑中反映、接受要比日文、英文等文字快。汉字既有其缺点也有其优越的地方，故不一定要人为去消灭它。汉字既然会存在下去，依附于汉字的书法艺术自然也会存在和发展下去。

我们常说要继承和发扬祖国优秀的文化艺术，书法自然是其中之一。书法又有其本身的传统，那么上面论述的与书法关系极为密切的文字与伦理观念就是传统中的重要部分。伦理观念虽然随着社会的变革和进步也在起着变化，但是对沉着、痛快、雄健、刚正、平和、自然、真率等做人的方法道理，仍是我们应该遵循的，而对轻佻、拖沓、靡弱、妖媚、欹侧、造作、矫揉等行为仍是要鄙弃的，这些在书品中也相应地被肯定和否定，就是高古、淡泊、清雅、拙朴、浑厚等格调，仍会使现代人赏心悦目，而厌恶时俗、雕饰、粗恶、工巧、浮薄等形态。当前搞书法创作往往注重于趣味的多少，而忽略了格调的高低。趣味只是表现于单件的作品，而格调则显示于个人风格。从事书法艺术的人应该确立起自己追求的书品，形成高品位的风格，而书品的确立应考虑到合乎传统的伦理观念。

当今从事现代书法的人数虽然不多，但是已作为书坛上一个流派而存在，并且作品已进入了国展和获奖，这与他们的努力是分不开的，虽然其中有失败的，也有正在探索的。在"文化大革命"以后，一些西方理论著作翻译了过来，无论书学理论还是书法创作，都有人引用西方理论作为论证和创新的武器，在这方面的评论和争议很多，我不必重复，只是就前面论述的文字和伦理观念与书法的密切关系谈一些看法，以供思考。

当前从事现代书法创作的人都曾经过传统书法的训练，书界有种普遍的说法是：搞现代书法创作的人"用所谓的'现代书法'来掩饰自己传统书法创作上的无能"。这句话的正确与否，因未作过统计，不能妄下断语。传统书法家都是在长期接受了汉字教育和反复临习古人的碑帖墨迹之后逐渐形成自己的风格的。传统书法家往往都是在表现其风格的前提下来进行创作的。所谓风格，就意味着一定程度的重复表现。而现代书法的观点是要排斥重复表现的，他们认为"模式化使一位作者的形式构成只能在特定模式的范围内变动，结果使众多的作品以十分近似的面貌出现——有时与古人相近，有时与自己的作品相近，极大地限制了现代书法的表现力"（邱振中《空间的转换——关于书法艺术的一种现代观》）。现代书法的创作若是使每幅作品都要以不同的面貌出现——既要与古人不同，也要与自己已创作过的作品不同，由于排斥了重复表现的可能，这重复不仅是"空间分割"，还要包括"线的质感与运动"，这样就不可能形成风格。传统书法中放在极显要地位的"书品"，在现代书法创作中也就无法体现了。

另外，现代书法创作认为文字使得"单元内所包含的元素

（线的质感与运动、空间分割）难以自由离合，对新的内心生活反应迟钝，它改变缓慢，极易成为一种模式，而失去同一切活泼泼的生活的联系"（邱振中《空间的转换——关于书法艺术的一种现代观》）。所以他们中有许多采用完全抛开汉字或接近汉字形象（各体的，包括上古青铜器上的图徽）而实非汉字的形式来创作作品。

现代书法可以凭作者的思想、意图去创作，但是这些作品主要是给国人看的，而欣赏者仍然带着根深蒂固的书法依附于文字的观念和由伦理思想转变而来的"书品"尺度来看待衡量现代书法作品，自然格格不入，而且会对现代书法作品不管良莠高下，一概排斥。由于在现代社会可以借助各种展览和刊物来为现代书法做宣传，但是大多文章和说明都是援引西方现代理论，并夹杂一些未经定义的新概念、术语，包括作者生造的词句，使得读者产生抵触心理，不愿卒读，宣传效果大打折扣。

现代书法的创作和探索才十余年，在我国漫长的书法史中只是一瞬间，而变异却是历来所有流派中最大的。政治和宗教的力量在一个朝代甚至几个朝代都未能对汉字的演变和书法的发展起多大作用，现代书法要深入人心，为时尚早，道路太遥远了，艺术家们需要坚持不懈地努力。中国的书法只要汉字还使用，它仍会存在下去，并且仍然是渐渐的变化。中国人的民族心理素质是适应于渐变的。有句格言想必大家都知道："史鉴使人明智。"

后记

　　吾年五十，即买宅于吴中，在灵岩、天平两山之间，占地亩许，筑楼二层，藏书籍与碑拓各数千，尚能旋身，可以聚亲会友、读书校碑其间，怡然自得。庭前有古薇一株，干粗径尺，枝叶婆娑，花红，灿烂可百余日，吾最护惜。旁有方池，可灌沃花木，兼养朱鱼数十尾。园中另植老桂三树，更遍栽五色月季，铺草坪如茵。春秋芳菲尽日，冬夏则温清自适。吾爱吾庐，名之曰"古薇山房"。

　　七十而后，退休于家。喜静坐玄思，望月怀人，无事每翻检旧文、旧照，并略加归类存放。适旧交王立翔先生拟出与书法相关之丛书，主旨侧重于文化，题材不限。邀吾参与，则欣然应诺。遂理箧选文三十篇，皆吾往昔发诸报刊或收入论文集者。有亲历亲闻、记人记事者，亦有学书自叙及审美随想者。今书将印行，向予此机缘之王立翔先生和编辑者杨勇先生深表感谢！

庚子冬至　华人德

图书在版编目(CIP)数据

古薇山房文荟 / 华人德著. -- 上海：上海书画出
版社, 2021.6
（海上题襟）
ISBN 978-7-5479-2606-2

Ⅰ.①古… Ⅱ.①华… Ⅲ.①随笔－作品集－中
国－当代 Ⅳ.①I267.1

中国版本图书馆CIP数据核字(2021)第088685号

海上题襟

古薇山房文荟

华人德　著

责任编辑	杨　勇　夏雨婷		
审　　读	陈家红		
封面设计	王　峥		
责任校对	倪　凡		
技术编辑	顾　杰		

出版发行　　上海世纪出版集团
　　　　　　　上海书画出版社

地址　　　上海市延安西路593号 200050
网址　　　www.ewen.co
　　　　　　www.shshuhua.com
E-mail　　shcpph@163.com
印刷　　　上海盛隆印务有限公司
经销　　　各地新华书店
开本　　　889×1194　1/32
印张　　　8.5
版次　　　2021年6月第1版 2021年6月第1次印刷

书号　　　ISBN 978-7-5479-2606-2
定价　　　58.00元

若有印刷、装订质量问题，请与承印厂联系